부모라는 항구,
자녀라는 배,
인생이란 항해

Port called parents,

Boat called children,

Voyage called life

부모라는 항구, 자녀라는 배, 인생이란 항해

발행일   2022년 5월 23일

지은이   심정인, Mia Schuerger, Jasmine Kim
펴낸이   손형국
펴낸곳   (주)북랩
편집인   선일영   편집   정두철, 배진용, 김현아, 박준, 장하영
디자인   이현수, 김민하, 안유경, 김영주, 신혜림   제작   박기성, 황동현, 구성우, 권태련
마케팅   김회란, 박진관
출판등록   2004. 12. 1(제2012-000051호)
주소   서울특별시 금천구 가산디지털 1로 168, 우림라이온스밸리 B동 B113~114호, C동 B101호
홈페이지   www.book.co.kr
전화번호   (02)2026-5777   팩스   (02)2026-5747

ISBN   979-11-6836-285-7 03810 (종이책)   979-11-6836-286-4 05810 (전자책)

(주)북랩 성공출판의 파트너

북랩 홈페이지와 패밀리 사이트에서 다양한 출판 솔루션을 만나 보세요!

홈페이지 book.co.kr   •   **블로그** blog.naver.com/essaybook   •   **출판문의** book@book.co.kr

작가 연락처 문의 ▸ ask.book.co.kr

작가 연락처는 개인정보이므로 북랩에서 알려드릴 수 없습니다.

부모라는 항구,
자녀라는 배,
인생이란 항해

심정인, Mia Schuerger, Jasmine Kim 공저

Port called parents,
Boat called children,
Voyage called life

with English translation

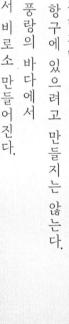

배는 항구에 있을 때 가장 안전하지만, 항구에 있으려고 만들지는 않는다. 훌륭한 선장은 거친 풍랑의 바다에서 이를 극복하면서 비로소 만들어진다.

북랩

추천의 글 1

이 책은 가족이란 의미가 세상에서 가장 따뜻하고,
가장 사랑스럽고, 가장 귀중한 것임을 알게 해준다.
가족이란 이름의 우리는 세상 누구보다 위대한 삶을
살고 있다는 사실을 깨닫게 만드는 수필집이다.

이 책은 작가 자기 고백서이며 자신과 자기 가족을 세상에 소개하는 것으로 시작한다. 이 책을 읽으면 어느새 우리가 우리의 가족을 돌아다보는 마음을 가지게 한다. 이 책을 읽으면 세상과 인생을 바라보는 우리의 마음이 어느새 작가의 마음처럼 따뜻해질 것이다. 이 책을 읽으면 우리가 매일 만나는 동료, 동네 이웃, 주변 환경 등 그 모든 것을 가치있게 느낄 것이다. 이 책을 읽으면서 나는 이 가치있음의 출발지이자 그 목적지가 가족임을 알게 되었다.

작가는 어릴 적 집안환경, 교육과정, 직장환경, 하다못해 자기 속옷에 관해서도 정감 어린 솔직함으로 말하고 있다. 독자들에게 부족하면서도 평범했던 우리 부모 세대를 대표하는 마음을 전하는 듯하다. 글 속 '나는 지난 시절 대학 진학을 앞두고서야 가난함이 내 인생 항로를 변경시킬 수 있음을 인정해야 했다.'라는 표현은 모든 부모 세대가 말없이 공감하리라 믿는다.

나는 작가를 나의 미국 유학 생활이 끝나갈 무렵에 만났다. 내가 다니던 대학교로 유학을 온 작가와는 학교 아파트 위아래 층에서 지냈다. 작가는 대학원에서 공학을 전공하였지만, 평소 인문학에 소양도 있었다는 기억이 있다. 한인학생회 주관의 각종 인문학 세미나에 동참하여 밤늦도록 토론했던 기억은 아직도 남아 있다. 더욱이 이 책에서 자신의 한글문을 같은 내용의 영어문으로도 발표하는 것에는 특별한 의미를 두고 싶다. 그의 글에서 강처럼 흐르는 진솔함과 문학적 섬세함은 나를 감동하게 한다.

작가의 솔직함은 독자가 이 책을 계속 읽게 만드는 동력이 되리라 믿는다. 작가는 여느 부모 세대가 그의 자녀 세대에게 전하고 싶은 삶의 이야기를 대신하여 정성으로 말하고 있다. 또한 독자들은 그의 열린 마음에도 감동을 할 것이다. 자칫 밝히기 쉽지 않은 부분도 작가는 마치 대수롭지 않은 듯 그의 모든 것을 보여준다. 그는 이것을 '인생 유산'이라고 말한다.

작가는 독자들에게 부모 세대의 '인생 유산'을 질문한다. 작가는 독자들에게 자녀 세대도 그들만의 '인생 유산'을 만들어 가기를 바라고 요구하고 있다. 작가는 또한 독자들에게 부모 세대와 자녀 세대가 함께하는 '인생 유산'이 있을 것을 바라고 있다. 나는 이 책을 읽는 독자들이 바쁜 일상의 시간에서도 자신만의 '인생 유산'을 생각하고 만들어 갈 수 있기를 바란다.

한성대학교 영어영문학부 교수 이병은

이 책은 자신의 미래를 위해 과거를 인정하고
오늘을 견뎌내고 있는 모든 사람을 응원하고 있다.
저자의 글을 읽게 되면 어느새 내가
나를 응원하고픈 마음이 생긴다.

저자의 수필집 '부모라는 항구, 자녀라는 배, 인생이란 항해'를 읽는 시간은 어느새 '내 인생에 대한 생각'을 다지는 시간이 되었다. 책 속 '푸르름', '열정', 그리고 '문득'이란 말에서는 마치 나의 지난 20대, 30대, 그리고 40대를 보낸 시간이 떠오르는 것 같았다. 흔한 말로 인생 2막을 맞이하는 요즈음 '다시 시작'이라는 말은 더욱 또렷이 나에게 다가온다. 저자는 '우리 인생에 대한 생각'이라는 판화에 '도전', '책임' 그리고 '가치'를 새길 것을 강조한다. 우리 인생에 대한 깊이 있는 고민과 성장을 바라는 독자들에게 이 책이 '인생 선물'이 되길 바란다.

나는 지난해 40년 가깝게 몸담았던 공군에서의 생활을 마치고 전역하였다. 현직에 있는 동안에는 공직 업무를 핑계로 가족에게 소홀하였던 시간이 많았다. 이로 인한 미안한 마음도 있었지만 애써 외면하고 지냈던 아쉬운 기억도 있다. 전역한 후 자연스럽게 가족과 함께하는 시간이 많아지게 되면서 점차 지난 시간의 미안함과 아쉬움을 덜어가며 지내던 차에 저자로부터 추천의 글을 요청받았다.

나는 지난 시절 공군사관학교에서 저자와 4년간의 생도 생활을 함께한 인연이 있다. 그래서 저자의 몇몇 인생 이야기는 마치 나의 인생 이야기인 양 공감하는 바가 크다. 내가 기억하는 한 저자의 사관학교 생도 시절 모습과 작가로서의 지금 모습은 여전히 닮아 보인다. 특히, 저자가 지켜온 '삶에 대한 태도'를 말하는 부분에서는 나도 감동하였다.

저자는 살면서 '도전', '책임', '가치'를 세우고 이를 지키려 했던 마음을 글로 담담히 전하고 있다. 나 자신도 지난 공직생활에서 '지휘관으로서의 책임 의식'에 큰 무게를 두었던 기억이 아직도 생생하다. 저자의 글에서는 오늘을 사는 우리들의 '인생 희망'을 되새김하고 있다고 여긴다.

또한 니체의 철학사상을 삶 속에서 찾고 이를 응원하는 것에 대해서도 공감하는 바가 크다. 자신을 냉철히 판단하고 이를 긍정 에너지로 만드는 의지는 누구나 갖고픈 '인생 열쇠'가 될 것이다. 나 또한 인생의 후반기에도 여전히 이런 의지를 간직하고 있게 되기를 바라고 또 바란다.

저자는 부모로서 자녀에게 못다 한 인생 조언과 삶의 경험, 특히 아버지의 책임과 역할에 관해 이야기한다. 이 책에는 부모의 자녀에 대한 사랑이 곳곳에서 묻어 나온다. 또한 이 책에는 부모가 또 다른 부모에게 전하고픈 인생 이야기도 있다.

이 책은 자신의 미래를 위해 과거를 인정하고 오늘을 견뎌내고 있는 모든 사람을 응원하고 있다. 저자의 글을 읽게 되면 어느새 내가 나를 응원하고픈 마음이 생긴다.

(전)공군참모총장 이성용

추천의 글 3

이 책을 읽다 보면 나는 어느새 나의 지난 인생을
거울처럼 비추어 보는 느낌을 받는다.
이 책은 우리에게 '나의 살아온 것'을 새기고,
'나의 살아갈 것'에 관해 잊지 않을 것을 말하고 있다.

이 책은 부모 인생, 자녀 인생, 그리고 노년 인생 모두가 자연의 물 흐름처럼 서로 연결되어 있음을 말한다. 부모 세대가 가난을 견디는 힘이 자녀의 나은 삶에 대한 바람에서 나온다는 것을 작가의 글에서 본다. 자녀의 나은 삶을 바라는 한국 부모의 바람은 타국에서도 변치 않음을 또한 작가의 글에서 본다. 자녀의 나은 삶에는 '생활 독립', '경제 독립', '사회 독립'이 있고 또 준비되어야 함을 강조하고 있다. 나도 대학생 자녀를 둔 부모 세대 중의 한 사람으로 작가의 이러한 관점에 동의하는 바가 크다.

고등학교에서 오랫동안 대학 진학을 담당하고 있는 나는 학생들로부터 인생 상담 의뢰를 자주 받는다. 하지만 그들에게 때때로 인생의 '희노애락(喜怒哀樂)'에 관한 적절한 설명이 부족했던 경우가 없지 않았다. 그들의 미래 인생에서 '희노애락'의 의미를 가치 있게 바라볼 수 있는 지혜를 알려준다는 것은 나에겐 언제나 큰 숙제이다. 책 속 글에는 살면서 마주하는 '희노애락'의 순간들을 긍정하며 희망 안에 두려는 마음이 강처럼 흐른다. 책 전체를 흐르는 저자의 삶에 대한 진솔한 태도는 우리 시대 부모와 자녀 간의 멋진 표상을 보여준다. 이런 점에서 작가의 글은 특히 청소년 독자들에게 적잖은 공감을 주겠다고 생각한다.

부모 양쪽이 경제활동을 하는 요즈음 많은 부모에게는 자녀와의 충분한 대화가 부족한 것이 현실이다. 나 자신도 예외는 아니었다. 또한 부모 스스로 인생에 대한 사색은 물론 생활에 대해 반성조차 할 겨를없이 그저 움직이는 기계처럼 사는 듯하다. 그러다 보니 이 책을 읽으면 어느 사이에 나의 지난 시절에 관한 한 편의 다큐멘터리를 보는 것 같다.

살면서 말로 전하지 못한 부모의 마음과 바람을 알아차릴 자녀는 그리 많지는 않을 것이다. 이 책은 자녀 세대에게 전하고 싶으나 전하지 못했던 우리 부모 세대를 대신하는 마음의 글이 될 수 있다. 한편 자녀 세대가 또한 그들의 노년 인생을 맞이하는 것에 대한 예행연습도 이 책은 담고 있다. 책 속 '노년 입문' 글에서 '살아온 것 돌아보기', '살아갈 것 생각하기'는 나에게 특별한 느낌으로 다가왔다. 책처럼 노년이 된다는 것은 젊음의 상징인 '열정'을 접어 두고 '지혜'를 얻는 것임을 마음 깊이 새겨 본다.

경기도 부흥고등학교 영어과 교사 정화숙

서문

　인생에서 '홀로 서기'를 바라며 노력하지만 때로는 '홀로 살기'에도 그 무게가 힘겨워지려는 젊은 세대의 모습을 떠올려야 하는 요즈음 세상살이에 '그래도 인생'이란 말을 해봅니다. 그래도 우리들 마음 한 곳에 '희망이 숨 쉬는 인생'을 용기 내어 심어봅니다. 내 인생의 앞에는 부모 인생이 있었고 내 인생의 다음에는 자녀 인생이 있다는 것을 인생 후반부가 되어서야 마음으로 알게 되었습니다.

　부모라는 항구에서 한없이 안전하게 지낼 것 같았던 자녀가 성장하여 자신의 인생 배를 만들고 준비하여 부모를 떠나 인생이란 항해를 하는 것은 누구에게나 주어진 생의 짧은 몫이라 생각합니다. 인생이란 항해를 하던 배는 어느새 다음 세대인 자녀의 항구가 되어가는 것 또한 생의 짧은 몫일 수 있다고 생각합니다. 평범하게 살았지만 돌아다 보면 그리 평범하지 않았던 우여곡절의 순간들이 있었음을 마음에 새기며 자신의 노년 인생 항해를 이어가는 것 또한 생의 짧은 몫일 것이라는 것을 알게 되었습니다.

늦은 나이에 책 읽고 글 쓰는 기회를 얻으면서 '예정된 것 하나 없이 살아온 내 인생'을 생각해 보았습니다. 대부분 부끄러웠던 삶의 시간 속에서도 여운 남는 판화처럼 새겨진 기억들이 있었습니다. 그 기억들을 모아 '부모·자녀·인생'이라는 이름의 바구니에 가을하늘을 배경으로 담아 보았습니다.

누구나 한 번쯤은 생각하고 얘기해보았을 것 같은 '인생에 대한 그 무엇'을 저도 생각하였습니다. 어느새 '예정된 것 하나 없이 살아온 인생'이란 것을 자녀에게 유산으로 물려줄 때가 되었습니다. 자녀에게 부끄러운 '인생 유산'을 주지 말자면서 살았지만 그리 못하면서 벌써 60세가 되었습니다.

저는 부모로서 자녀에게 못다 한 인생 조언과 삶의 경험을 이 글에 담았습니다. 그리고 노년 인생 항해를 시작하면서 철학자 니체의 사상을 배우고 평범한 생활 속에서 작지만 이를 실천해 보려는 마음을 담아 함께 나누어 보고도 싶었습니다. 저를 포함한 많은 사람에게서 변함없이 더욱 나은 내일을 향한 오늘의 인생 항해를 기대합니다.

첫 손녀 '아나'의 첫해 생일을 축하하며 댈러스 서재에서

2022. 5.
심정인

목차

준비/

열정/

문득/

다시 시작/

대화/

준비

아귀탕, 아구탕을 드세요

더운 여름을 보내고 있는 와중에 어제와 오늘은 모처럼 아침 바람이 시원스럽다. 해가 뜨기 전에는 쌀쌀맞다는 표현이 어울릴 정도로 서늘함을 느낄 수 있다. 오늘 같은 날 아침은 따끈한 국물이 있는 식사가 좋겠다 싶었다. 이심전심이 있었던지 아내는 어젯밤 준비해 둔 아귀탕으로 아침을 차려 주었다. 아귀탕은 부드러운 생선 살에 콜라겐이 풍부하여 갱년기의 사람들에게 좋은 음식이라고 한다.

오래전에 아내가 나에게 들려준 아내의 어릴 적 가족 이야기 하나가 있다. 나는 장모 되시는 분을 여수 어머님이라 부른다. 여수 어머님은 여수가 고향이며 80 나이를 넘기면서도 아직 여수에서 살고 계신다. 여수 어머님은 30살을 갓 넘긴 나이에 남편을 교통사고로 잃었다.

여수 어머님은 남겨진 어린 딸들을 키우기 위해 무슨 일이든지 하여야 했다. 여수시 서교동에 있는 서시장은 여수 어머님 인생 대부분을 차지하는 일터가 되었다. 야채 장수를 시작으로 생선 장수까지 하면서 아침 일찍부터 저녁 늦게까지 시장통에서 지내야 했다. 여수 어머님은 하루하루의 작은 벌이, 극도의 절약과 친구 한 지 50년이 넘었다.

몇 가지 생선을 팔던 여수 어머님은 어느 땐가 친구 조언으로 아귀 생선 한 종류만을 팔기 시작했다. 그때부터 여수 어머님은 아귀 생선만을 팔아 번 돈으로 딸 넷을 키우고 가르쳤다. 아귀 생선은 어릴 적 아내를 포함한 여수 어머님 가족을 위한 귀하고도 귀한 생계수단이었다. 나의 아내는 그 넷, 딸들 중 맏딸이다.

아귀는 다른 물고기들과 달리 입이 크고 흉한 얼굴을 가지고 있으며 '아구'라고도 불린다. 하지만 아귀요리는 맛도 좋고 영양도 풍부하다. 살코기에는 콜라겐이, 간에는 비타민과 오메가3가 풍부하여 바다의 '푸아그라'라고도 부른다.

일주일에 한두 번 새벽이 되면 여수 어머님은 자고 있는 딸들을 멀리하고 어류 공판장에 나간다. 경매를 통해 산 아귀를 직접 손질하여 가지고 와 여수서시장에서 소매로 되팔아야 하기 때문이다. 날씨가 나쁘거나 추워지는 날이면 아귀를 손질하는 양손은 어느새 곧아지기가 일쑤이다. 어판장 한구석에서 손수 손질한 아귀를 고무통에 담아 챙긴 다음 시내버스를 타고 집에 온다.

차가운 늦가을 어느 날 이른 아침 여수 어머님이 어판장에서 손질한 아귀와 함께 정류장에 서 있다. 추운 날이라 여수 어머님은 버스가 아니면 비싼 택시라도 타고 집에 오고 싶었다. 그런데 그날따라 오는 버스마다, 오는 택시마다 승차를 거부당하였다. 왜냐하면 생선 비린내가 많이 났기 때문이었다. 버스 운전사마다, 택시 운전사마다 하나같이 하루 첫 손님으로 비린내 나는 손님을 태울 수 없다고. 그들은 하나같이 여수 어머님 때문에 그들의 하루 재수가 없어진다고 하였다.

기다리다 못한 여수 어머님은 하는 수 없이 아귀를 담은 고무통을 머리에 이고 걸었다. 아귀를 담은 고무통을 머리에 이고 한 시간이나 걸리는 먼 길을 걸어서 집으로 왔다. 먼 길을 걸어서 퉁퉁 부은 발을 이리저리 감싸고는 이제 잠이 깬 어린 딸들에게 말하였다.

"내 딸들아. 너희들은 공부하고 열심히 배워서 나처럼 가난한 생선 장수는 되지 말아라."

여수 어머님이 해주는 아귀탕 맛은 어느 유명음식점의 그것과도 비교할 수 없이 뛰어나다. 그 까닭은 좋은 품질의 아귀 생선을 고르고 아귀탕을 요리하는 솜씨가 남다르기 때문이겠지만 지난 시절 아귀와 함께했던 힘겨운 인생 레시피 때문이 아닐까 한다.

Let's eat Aguitang (Goosefish soup)

In the midst of a hot summer, the cool morning breeze greets us yesterday and today. Before the sun rises, I can feel the breeze cool enough to say that it feels cold. On a morning like this, I'd like to have a breakfast with hot soup. My wife must have read my mind as she prepares breakfast with Aguitang (Goosefish soup) made last night. Aguitang is said to be good for people with menopause because of the rich collagen in the soft fish meat.

There is a story my wife told me a long time ago about her childhood with her family. I call my mother-in-law 'Yeosu-Mother'. She is from Yeosu and has not left the city once as she enters her 80s. (*Yeosu is a port city on South Korea's East China Sea coast.) She lost her husband in a car accident at the age of just over 30.

She had to do everything she could by herself to raise her young daughters. A small stall in Seo-Market, located in Seo-gyo-dong, Yeosu City, was her only place of work throughout her life. She started by selling vegetables and later sold fish. She had to open the stall in the market and make money from early in the morning to late in the evening. She has gotten used to making small money daily and pinching pennies over the past 50 years.

She sold various fishes at first, but with an advice from a friend, she started to sell only one type of fish. It was Agui. From that day on, she raised and supported her daughters' schooling with the money earned by selling only Agui. Agui was such a valuable means of living for my wife's family, starting when she was a child. My wife is the eldest among four daughters.

Agui, also called 'Agu', has a large mouth and an ugly face compared to other fishes. However, Agui dishes tastes great and is very nutritious. It is also called 'foie gras' of the sea because its lean meat is rich in collagen and liver with vitamins and omega 3.

Once or twice a week, at dawn, she had to leave her sleeping daughters at home and go to a seafood-joint wholesale market. She purchases Agui through auction, cleans them there, and brings them back to sell in retail price at the Yeosu Seo-Market. On days when the weather is bad or it gets cold, her hands that clean the Aqui tend to get rough. In a corner of the wholesale market, she packs the cleaned Agui in a rubber bucket, and then takes the city bus back home.

One early morning in cold late autumn, she stands at the bus stop with cleaned Agui. It was a cold day, so she wanted to come home by taking a pricier taxi if not a bus. However, she was denied to be boarded on any buses or taxis that came by. It was because of the fish smell. Every bus and taxi drivers said they cannot pick up someone that smells like fish as their first customer of the day. All of the drivers labeled her as their bad luck of the day.

As she couldn't wait anymore, she started walking home with the bucket of Agui held on her head. With the heavy Agui bucket on her head, she walked about an hour to reach home again. As she covered up her swollen feet due to the long walk, she spoke to her little daughters as they woke up.

"My daughters. You must study hard and learn so that you don't become a poor fish seller at the market stall like me."

The taste of Aguitang (Goosefish soup) served by her, is incomparable to any famous restaurants out there. It could be because of her skills to choose quality Agui and cook them well, but I also wonder if it's a secret recipe born from hard times in her life with Agui.

조카에게 이모부가

군 복무를 위해 훈련소에 입대한 후로 잘 지내고 있는지 궁금하구나. 입대 전에 인사하려다가 마음을 바꾸어 이제야 연락을 하는구나. 지금쯤이면 기본군사훈련을 마치고 자대에 배치받았을 거라 생각이 드는구나. 바라기로는 신체적으로 더 건강해지고 정신적으로 더 성장하는 군 생활이 되었으면 한다. 이모부는 너와는 다른 시대와 환경에서 군 생활을 하여 특별한 조언을 할 수가 없어 보이는구나. 그래도 옛 시간을 되짚어 보면서 너에게 도움이 될 만한 것들을 모아서 전해 보려고 한다.

요사이 나는 아침에 책을 읽는 시간이 많아졌다. 일하는 시간이 주로 오후부터 시작하는 탓에 아침 시간은 나의 일상에서 귀한 시간이 되었다. 네 엄마가 나에게 선물한 몇 권의 책들을 읽은 지 반년이 되어 가는구나.
아직도 그 책들을 읽고 있는데 아무래도 앞으로 반년은 더 필요할 것 같구나.

네가 군 복무 기간을 가치 있게 여기고 더 성장하는 기회로 삼기를 원할 때 다음 사항을 추천한다.

1) 지면으로 된 책을 읽는 습관을 지녀라. 여러 사람의 자서전을 자주 찾아 읽기를 추천한다.

그들이 겪은 시대 상황(과거), 문제의식과 극복(현재), 생의 가치와 만족(미래)을 나름대로 정리하기. 그들이 현실의 문제를 인식하고 극복한 방법들의 공통점을 찾아 나의 잠재능력에 저장하기.

2) 군 복무기간을 통해 인생의 목표를 정할 수 있기를 바란다.

인생 목표가 없는 사람은 농사를 지어야 하는 이유를 모르는 농부와 같다. 자신이 무엇을 하고 있는지 알지 못하는 사람은 벼 모판을 들고 밭으로 가는 농부와 같다. 자신이 가진 한계와 부족한 점을 극복하려는 의지와 노력 없이 자신의 인생 목표를 달성하려고 하는 사람은 홍수가 생기는 강가에서 아무런 대책 없이 농사를 짓는 사람과 같이 어리석다(니체).

3) 네가 살아갈 시대는 부모가 살았던 시대와는 다를 것이며 자신의 계획/실천/책임이 절실하다.

스스로 바라는 인생의 절정과 황금기를 설정하고 이를 매일 가꾸고 다듬는 노력을 해야 한다. 예를 들어 70세에 인생에서 세운 정상목표가 달성되기를 바란다. 이를 위해서는 60세에는 무엇이 얼마나 준비되어야 하나. 이를 위해서는 50세에는 무엇이 얼마나 준비되어야 하나. 이를 위해서는 40세에는 무엇이 얼마나 준비되어야 하나. 이를 위해서는 30세에는 무엇이 얼마나 준비되어야 하나. 이를 위해서는 25세에는 무엇이 얼마나 준비되어야 하나. 이를 위해서는 지금 나는 무엇을 얼마나 그리고 어떻게 해야 하는가.

4) 인생에는 때때로 알지 못하고 원하지 않는 변수들이 있음을 이해하고 수용할 수 있어야 한다.

이때를 대비하여 중요한 계획에는 되도록 플랜A와 플랜B가 있으면 좋겠다. 그렇지만 플랜A를 실천하기 위해 최선을 다해야 하는 것에는 변함이 없다. 이모부의 지난 세월을 보면 플랜B가 없었던 경우가 많이 있었음을 느낀다.

무료할 수 있는 군 생활의 일상에서도 주어진 삶과 짊어지고 나갈 자신의 인생을 잊지 말기를 바란다. 불침번 눈에 보이는 밤하늘의 깨알 같은 별들 속에 보잘것없이 묻혀 있는 어떤 행성-지구. 불침번 마음에 쌓이는 삶의 지혜-세상은 있는 대로 보이는 것이 아니라 내가 보는 대로 있다(법구경). 새벽을 가르는 점호 구보에 세상의 아침이 밝아 온다. 새벽을 가르는 점호 구보에 다시 못 올 내 인생의 하루도 밝아 온다. 사격장의 낯선 총탄 소리는 적을 죽이는 소리이기도 하지만 나를 살리는 소리이기도 하다. 사격장의 낯선 총탄 소리는 삶을 위한 의지를 세상을 향해 알리는 아주 특별한 전령사이기도 하다.

젊을 때는 해야 할 일들이 많지만, 나이가 들수록 하고픈 일들을 많이 하는 삶이 되기를 바란다.

혹 이모부가 도와줄 일이 생기면 언제든지 알려 주고 좋은 일들 생겨 알려 주면 더 감사. 멋진 군 생활 바랍니다.

댈러스에서 이모부 보냄.

To my nephew,

(*All men in South Korea are obligated to serve in the military for two years since the Korean War in 1950.)

I'm wondering how you're doing these days in the military. I thought of contacting you before you joined the military, but I'm just now reaching out instead. By now, you have probably completed basic training and have been assigned to your own unit. I'm hoping that military life will make you physically and mentally healthier. My military experience was in a different era so I'm not sure if my advice will be of any use to you. Regardless, while taking a trip down memory lane, I hope to impart some wisdom.

These days, I have been able to read a lot in the morning. I usually start work in the afternoon so now I've come to value my mornings. It has been half a year since I started reading the books your mom gave me. I will probably need another half a year to finish all the books.

Here is a list of a couple of things you can do to have a more enriching time during your mandatory military service.

1) Get into the habit of reading hard-copy books. I recommend autobiographies.

Try to understand their past, challenges, and values. Try to make sense of everything in your own way. Learn how people recognize and overcome problems.

2) I hope that you can use the time during military service to find your life goals.

A person without goals is like a farmer who does not know why he should farm. (A person without life goals is like a farmer without a farm.) If you don't know what you are doing with life then that's like a lost farmer who can't find his farm. Philosopher Nietzsche once said, someone who tries to achieve their life goals without the willingness to overcome their limitations and shortcomings is as foolish as a person who farms in a flood zone without a plan.

3) Your world is so different from mine so you will have to

figure out your own plans, take actions, and assume responsibilities.

Figure out what you want in life and work on it every day to get there. For example, what do I want and where do I want to be in life when I'm 70 years old? How do I prepare for that? What about when you are 60, 50, 40, 30, 25 years old? What do you need to do now to get started?

4) Also, there will always be unknown variables that you'll just have to face head on and accept as you go through life.

That's why it's good to have both Plan A and Plan B for the important things in life. Although, you should always still try your best to get your plan A. For me, I regret that I rarely had Plans Bs in my past.

When your daily military life gets repetitive, remember that you've got a whole future waiting for you and your own path to explore. To the eyes of a solider on night watch, earth is just a small planet buried in the starry night sky. In Buddhism, they say the wisdom of life that accumulates in the mind is not the world seen as is but as the world seen by me.

The world awakens as military morning runs chase the dawn. A new day that will never come again brightens along the morning run. The unfamiliar sound of bullets can be the sound of killing the enemy, but also the sound of my life being saved. The unfamiliar sound of bullets can be a special message to the world about the will for life.

We usually have a lot of things you HAVE to do when you are young, but I hope as you grow older, you find more enjoyable things you WANT to do in life.

Let me know if there is anything I can do to help and I'd love to hear from you. I hope you have a wonderful 2 years in the military.

From your uncle in Dallas.

어느 아버지와 아들

　나에게는 직장에서 같이 일하며 가까이 지내는 동료 한 사람이 있다. 20대 초반 나이의 청년인데 나의 작은딸보다 서너 살 아래에 있는 젊은 남자이다. 그는 일을 시작한 지 얼마 되지 않았지만 나와 친하게 되었고 가끔 개인적 이야기도 함께 나눈다. 한번은 학업과 교육에 관한 대화를 나누다가 다음과 같은 가정사를 듣게 되었다.

　그의 부모는 그가 어려서 이혼을 하였고 줄곧 엄마와 생활을 하며 성장하였다. 그의 아버지는 이혼 후에도 그에게 교육을 포함한 양육비를 지원해 주었다. 그는 고등학교를 마치고 자동차 정비에 관련한 직업기술학교에 진학하여 공부하였다. 그런데 교육비를 계속 지원해 주던 아버지가 갑자기 재정지원을 중단했다. 그는 하는 수 없이 학업을 중단하고 결혼을 약속한 애인과 함께 직장을 구해 일하게 되었다. 그가 나중에 들은 바로는 그의 아버지는 재정지원 중단 후 곧바로 레저용 보트를 샀다고 한다.

　지난 시절 대학교육에 몸담았던 나는 그에게 학교 졸업과 기술 자격증 취득을 추천하였다. 그러나 그는 미국 사회의 현실 속에서 학업에 필요한 비용과 그 효과에 대한 확신이 없다고 말했다. 하지만 현재의 생활에 만족하며 지내려 노력한다고 말했다. 또한, 자신에 대한 재정지원 약속을 어긴 아버지에 대한 기억을 지우려 한다고도 말하였다.

지구상에 사는 많은 동물 중에 아버지의 관념을 가지고 살아가는 동물들은 아주 소수이다. 사자나 원숭이 무리 등에서 아버지의 관념을 겨우 찾을 수 있다. 반면에 생물학적으로 어머니의 관념을 가지고 있는 동물들이 훨씬 많은 것이 사실이다. 사람의 경우 사회적 관념, 관습, 문화, 그리고 제도가 생기고 변화하면서 아버지 관념도 변화하였다.

육체노동에 기반한 아버지 중심의 가족제도에서는 아버지의 절대적인 권력을 만들기도 하였다. 한편으로 아버지 권력의 이면에는 가정에 대한 책임이라는 것이 동전의 양면처럼 따라다니게 되었다. 기술에 기반한 현대 사회·경제·문화의 변화는 아버지 중심의 가족제도에 많은 변화를 초래하였다. 아버지가 주로 담당했던 가족의 생존과 안전에 대한 책임이 변화하여 과거보다 약화하였다.

가족의 형성과 해체, 가족에 대한 무한책임과 유한책임, 가족 내 세대 간 공존과 독립 등이 변화 중이다. 300만 년 가까운 인간 역사 속에서 100년 남짓한 한 가족의 형성·유지·해체는 작아 보일지 모른다. 그러나 '나'라는 한 존재가 태어나 살면서 감당하는 가족의 의미와 무게는 절대 가볍지 않을 것이다. 왜냐하면 나의 존재가 가족의 존재이고 인간 역사의 존재를 의미하기 때문이다. 나의 존재에 담긴 인식과 지혜만이 가족의 가치와 인간 역사의 가치를 평가할 수 있기 때문이다.

어느 아버지와 아들에 관한 이야기를 들으며 나와 내 가족, 그리고 나의 인생을 생각해 본다. 나는 집안의 막내아들로 태어나 경제력을 상실한 아버지와 극도로 절약해야 했던 어머니를 보았다. 자라면서 얻게 된 나의 생활 모토 중에는 이런 말이 있다. '집안 냉장고는 항상 꽉 채워라.' 집안의 경제적 어려움으로 인해 의대 진학을 포기하면서 가졌던 마음에는 이런 것도 있다. '내 미래 자녀에게 물려줄 재산은 없을 수 있다. 하지만 원하는 교육은 최선을 다해 지원해 주고 싶다.' 고등학교 졸업식 참석도 못 하고 집을 떠난 후로 독립 생활을 하면서 가졌던 마음에는 이런 것도 있다. '독립에는 준비가 필요하다.' 연애 시절을 거쳐 결혼을 결심했을 때에도 가졌던 마음에는 이런 것도 있다. '나와 함께 평생을 같이 살려는 사람이 나 때문에 손해를 보는 일은 없어야 하겠다.'

어느 아버지와 아들에 관한 이야기를 들으며 그 아들이 자신의 인생을 더 단단히 만들길 바라본다. 어느 아버지와 아들에 관한 이야기를 들으며 그 아들이 자신의 아버지를 원망하지 않기를 바라본다. 어느 아버지와 아들에 관한 이야기를 들으며 그 아들이 자신의 아버지를 닮아가지 않기를 바라본다. 어느 아버지와 아들에 관한 이야기를 들으며 내 자녀들의 삶 속에 비칠 나를 생각해 본다. 천당이 있다면 그것은 내 자녀들이 추억하는 부모의 생전 모습을 담고 있는 배경화면일지 모르겠다.

(그는 얼마 후 미 육군에 지원하면서 회사를 떠났다.)

A father and his son

I have a colleague at work that I have gotten close to. He is a young man in his early twenties, and is three or four years younger than my younger daughter. It has not been long since he started work, but he has become close to me and sometimes shares personal stories. One day as we were talking about education and studying, I heard about this family story.

His parents divorced when he was young, and he grew up living with his mother ever since. After the divorce, his father continued to support for child care, including my colleague's education. After finishing high school, he went on to study at a vocational technical school related to automobile maintenance. However, his father, who continued to support education expenses, suddenly stopped providing financial support. He had to quit school and find a job with his fiancé. From what he later heard, his father bought a recreational boat shortly after stopping the financial aid.

As for me who was involved in college education in the past, I recommended him to graduate from school and obtain a technical certificate. However, he said he was not sure about the cost and effectiveness of his school studies in the realities of American society. However, he said he is satisfied with his current lifestyle and tries hard to push forward in life. He also said he is trying to erase the memory of his father who broke the promise for financial support.

Of the many animals living on this planet, very few live with the idea of a father. We can only find the idea of a father in some groups such as lions or monkeys. On the other hand, it is true that there are far more animals that have the idea of a mother biologically. In the case of humans, as social notions, customs, cultures, and institutions were created and changed, the father's notion also changed. The father-centered family system based on manual labor has also created the father's absolute power. Along with the father's absolute power, the responsibility to take care of the family followed like each side of the same coin. The changes in modern society, economy, and culture based on technology have brought many changes on the father-centered family system. The father's primary responsibility for family safety and survival has changed and became a weaker concept compared to the past.

The formation and dissolution of the family, unlimited and limited liability for the family, and coexistence and independence among generations within the family are continuously changing. In the human history of nearly 3 million years, the formation, maintenance, and disintegration of a family that lasts for no more than 100 years may seem small. However, the meaning and weight of a family that an existence of 'I' bears while being born and living will never be light. Because my existence means the existence of the family and the existence of human history. This is because only the awareness of my existence and wisdom that I contain can evaluate the value of family and human history.

As I listen to the story of a father and his son, I think about myself, my family, and my life. I was born as the youngest son of the family and saw my father lose his economic power and saw my mother become extremely frugal. One motto I got growing up is to say: 'Always keep the refrigerator at home filled.' Another thing I felt when I gave up going to medical school due to financial difficulties in my family is the following: 'I may not have property to pass on to my future children.

However, I want to do my best to support the education they want.' (In the 1980s, there was no university student loan system in South Korea.) I also felt this when I couldn't attend my high school graduation ceremony and left home early to become independent.

'Independence requires preparation.' Even when I decided to marry after being in a relationship, I had these things in my mind. 'There shouldn't be anything my lifetime spouse needs to sacrifice or take a loss because of me.'

As I hear about the story of a father and his son, I hope he would make his life stronger. As I hear about the story of a father and his son, I hope he would not blame his father anymore. As I hear about the story of a father and his son, I hope he would not resemble his father. As I listen to stories about a father and his son, I think of myself reflected in the lives of my children. If there is a heaven, it may be a background wallpaper that contains images that my children remember of their mother and me.

(He left the company shortly after applying to the US Army.)

어떤 농부

 농부는 농사를 짓는 사람이다. 농사는 사람이 사는 데 필요한 먹
을 것을 키워 수확하는 일을 말한다. 농사는 사람과 자연이 함께 만
나 펼치는 땅 위의 미술 작품과도 같다. 땅을 일구는 일은 백지 캔버
스 종이 위의 스케치이며 씨를 뿌리는 일은 미술 붓의 첫 색칠과도
같다. 가을날 한 해 농사 수확물을 보는 농부의 마음은 완성된 작품
을 보는 미술가의 마음과 같을 것이다.

 농부는 좋은 농사를 위해서 자연에 대한 지식과 경험이 있어야 할
지 모른다. 같은 의미로 우리는 좋은 삶을 위해 우리의 삶에 대한 지
식과 지혜가 있어야 할지 모른다. 이와 더불어 삶에 대한 지식과 지
혜는 의지와 노력을 만나 동력을 얻어 우리의 삶을 전진시킨다. 철학
자 니체는 말했다. '자신의 한계와 부족한 점을 극복하려는 의지와 노
력 없이 인생 목표를 달성하려고 하는 사람은 홍수가 생기는 강가에
서 아무런 대책 없이 농사를 짓는 사람과 같이 어리석다고.'

 여기 어떤 농부 한 사람이 있다. 그는 어릴 적부터 농부인 부모를
따라 농사일을 배웠으나 농사를 배워야 하는 이유를 몰랐다. 그는 부

모가 세상을 떠나고 나서야 농사일하는 이유를 알게 되었다. 인생 목표가 없는 사람은 농사를 지어야 하는 이유를 모르는 농부와 같을 것이다. 자신이 무엇을 하고 있는지 알지 못하는 사람은 벼 모판을 들고 밭으로 가는 농부와 같을 것이다.

지식과 지혜가 있는 농부처럼 일하고 지식과 지혜가 있는 철학자처럼 생각하는 날들이 점점 더해지는 인생을 만나고 싶다.

A farmer

A farmer is a person who cultivates land or crops. Farming refers to the growing and harvesting of food necessary for human life. Farming is like a work of art on the ground where people and nature come together. Plowing the ground is like sketching with pencil on a blank canvas, and sowing seeds is like the first painting of an art brush. The farmer's mind while viewing the agricultural harvest on an autumn day would be the same as an artist's view of a finished artwork.

Farmers may need knowledge and experience of nature for good farming. In the same sense, we may need knowledge and wisdom about our own lives for a good life. Along with this, knowledge and wisdom about life meets will and effort, to gain momentum and move our lives forward. Philosopher Nietzsche once said, 'Someone who tries to achieve their life goals without the willingness to overcome their limitations and shortcomings is as foolish as a person who farms in a flood zone without a plan.'

Here is a farmer. He learned farming from his childhood from his farmer parents, but he did not know why he should learn how to farm. He realized the reason for farming only after his parents had passed away. A person without a life goal would be like a farmer who doesn't know why he should farm. (A person without life goals is like a farmer without a farm.) If you don't know what you are doing with life then that's like a lost farmer who can't find his farm.

I look forward to a life where I can work like a farmer and think like a philosopher possessing both knowledge and wisdom.

바람이 전하는 말

나에게는 바람 앞에 서 있는 촛불 같았던 두 딸이 있었다. 그들은 이제 모두 장성하여 자신들의 인생을 만들어 가는 중이다. 서늘히 불어오는 바람을 느끼며 아침 산책을 하던 중 문득 바람 앞 촛불 같았던 두 딸이 생각난다. 그들에게는 어릴 적부터 원치 않았던 인생 바람이 많이 불었던 것 같다.

큰딸은 아빠의 늦깎이 유학 때문에 조기교육과 학업 연속성이 중요했던 한국교육환경에 적응치 못하였다. 큰딸은 한국에서 중학교를 마치고 15살 사춘기 끝자락에서 홀로 미국 유학길에 올라야 했다. 부모도 알지 못했던 어려움을 참아 내면서 지금은 변호사가 되었고 결혼도 하였다. 큰딸은 아빠의 재정지원 부족 때문에 2억 원이 넘는 돈의 고금리 학자금 융자를 받아야 했다. 적성을 따라 선택한 직업이라 여겨 주고 만족과 행복이 함께하는 인생이 되기를 기대한다.

이에 반해 작은딸은 아직 공과대학원 석사과정에 있다. 졸업을 한 학기 앞두고 직장을 구하느라 긴장된 시간을 보내는 중이다. 인생 항해를 시작하는 여느 젊은이처럼 마음으로부터 긴장감이 물처럼 흐르고 있음을 느낀다. 부모인 나로서는 큰딸과는 사뭇 다른 마음으로 작은딸의 시간을 지켜 보고 있다. 큰딸의 경우는 멀리서 지켜보려는 마음이 있고 작은딸의 경우는 가까이서 보려는 마음이 있다.

작은딸은 선장으로서 자신의 인생 배를 이끌고 부모 항구를 이제 떠나려 준비하고 있다. 나는 작은딸이 조금 더 정확한 지도와 나침반, 더 많은 식량과 도구들을 준비하길 바란다. 이 세상 모든 배가 언제나 충분히 준비하지 못한 채 항구를 떠난다는 것을 알고 있으면서도.

선장은 생각한다. 내가 계획하고 준비한 배로 나의 책임하에 항구를 떠나 바다 항해를 해야 한다. 작은딸은 생각할 것이다. 이제는 부모 항구를 떠나 나의 인생 바다를 항해할 때가 되었다고. 선장은 또 생각한다. 만선의 기쁨과 함께 언제 닥쳐올지 모르는 폭풍우와 거센 파도들을. 작은딸은 또 생각할 것이다. 자신의 인생 바다에서 당당히 찾을 행복과 함께 언제 올지 모르는 수많은 갈등과 문제들.

자신의 인생 배로 자신의 인생 바다를 항해하는 선장으로서 작은딸은 알게 될 것이다. 어떤 파도들은 중요도 하고 필요도 하지만 어떤 파도들은 굉장히 위험하여 피해야 한다. 어떤 바람들은 중요도 하고 필요도 하지만 어떤 바람들은 굉장히 위험하여 피해야 한다. 언제나 마음과 귀를 열어 주변을 살펴 어제보다 멋지고 안전한 내일로 항해해야 한다는 것을.

준비된 선장으로 자신의 인생 배를 이끌고 부모 항구를 당당히 그리고 벅차게 떠나려는 작은딸. 바람 앞 촛불 같았던, 늦깎이 사춘기를 보낸 어린 작은딸의 인생 항해 준비가 끝나려 한다. 먼 길을 떠나려는 작은딸에게 불어오는 바람이 전해주는 말 하나가 있다. '배는 항구에 있을 때 가장 안전하지만, 항구에 있으려고 만들지는 않는다. 훌륭한 선장은 거친 풍랑의 바다에서 이를 극복하면서 비로소 만들어진다.'

엄마·아빠는 멀지만 멋진 인생길, 멀지만 멋진 인생 항해를 시작하는 우리 작은딸을 응원합니다.

Words of the wind

I have two daughters who looked like candles in the wind. They are all grown up now and living their lives. While taking a morning walk and feeling the cool breeze, I suddenly remember my two daughters who were like candles in a wind. Throughout their childhood, they probably faced unwanted tough times.

Because of my late study abroad opportunity, my older daughter was unable to adapt to the Korean educational environment where early age education and consistency was important. After finishing middle school in Korea, she had to go study abroad in the US on her own at the age of 15. She endured difficulties that even her parents didn't know, and now she has become a lawyer and is married. She had to receive high-interest student loans of over $200,000 dollars due to the lack of financial support from me. I think she chose a career path based on her interest and skills, and I hope her life would be filled with satisfaction and happiness.

On the other hand, my younger daughter is finishing up her graduate degree in the school of engineering. In the last semester before graduation, she is having a tough time looking for a job. Like any young person who begins their life journey, she may feel the constant pressure in her heart. As a parent, I watch my younger daughter's time with a very different approach compared to my older daughter. In the case of my older daughter, my mind tends to watch her from a distance, and in the case of the younger daughter, my mind tends to see her up close.

As a captain, my younger daughter is preparing to leave the port called parents by controlling the boat of her own life. I want my younger daughter to have a more accurate map, compass, and more resources and tools. Even when I know that all the ships in the world always leave the port without full preparation.

The captain thinks that the boat should be prepared under his plan and should leave and sail at his own risk. My younger daughter will think that now is the time to leave the port called parents and sail the sea of her own life. The captain also thinks of not only the joy of having a boat filled with fish, but also the storms and strong waves that may come unexpectedly. My younger daughter will also think of the happiness she will find with confidence in her own sea of life, and also the conflicts and problems she may face one day.

As a captain who sails the sea of life with her own boat of life, my younger daughter will know: Some waves are important and necessary, while others are very dangerous and should be avoided. Some winds are important and necessary, but others are very dangerous and should be avoided. She should always open her mind and ears to look around and sail to a better and safer tomorrow than yesterday.

My younger daughter who is confident and overwhelmed as she leads her own boat of life as a captain leaves the port called parents. My delicate younger daughter who was like a candle in front of the wind and who had late puberty is now about to finish the preparation for the voyage of her own life.

There is a word from the wind that blows to her who is about to go on a long journey. 'A ship is safest when it is in the port, but it is not made to be in the port. A great captain may be created while overcoming a rough sea.'

Mom and dad are cheering our younger daughter who is starting a long but wonderful path of life and a long but wonderful voyage of her own life.

출가 2

　어제 작은딸이 이사를 했다. 대학원 졸업 후 지난 2년여 동안 부모 집에서 지내다 이제 월세 아파트를 얻어 이사하였다. 부모와 함께 살면서 절약한 덕분에 대학원을 다니는 동안 받았던 학비 융자금을 많이 갚았다고 한다. 내가 평소 다짐하고 일깨워 주었던 생활 독립, 경제 독립, 사회 독립을 이젠 모두 갖춘 막내딸이 되었다. 학비 융자금 상환 덕분에 나와 아내는 지난 2년 동안 작은딸과 즐겁고 고마운 시간을 가질 수 있었다.

　작은딸의 첫 출가는 대학진학을 하면서 시작되었다. 학부기숙사에 들어가면서 작은딸은 처음으로 부모를 벗어나 스스로 하루하루를 보내기 시작했다. 독립 생활이 시작되었다. 나와 아내는 얼마간의 학비 지원과 함께 주말마다 식료품 배달을 해주었다. 작은딸이 다녔던 대학교는 내가 살던 집에서 30분 남짓 떨어진 곳에 있었다. 학부를 마친 후 작은딸은 일리노이 주에 소재한 대학원에 진학하였다. 그때부터 작은딸은 경제 독립도 하여 대학원 공부에 필요한 학비와 생활비를 융자금으로 충당하였다.

대학원을 마친 작은딸은 내가 사는 댈러스에 본사를 둔 한 회사에 직장을 구하였다. 이름있는 대학원에서 요사이 핫한 분야를 공부한 덕분인지 괜찮은 대우를 받으며 금의환향(?)했다. 하지만 그간 받았던 학비 융자금은 상상을 벗어날 만큼 큰 금액이었다. 한국의 가족문화를 가진 부모로서는 미안함과 안쓰러움이 떠나질 않았다. 가족회의를 하여 얻은 방안은 작은딸의 경제 독립 지원을 가족의 우선 과제로 두는 것이었다.

작은딸은 부모 집에서 부모와 함께 지내면서 직장생활을 시작했다. 회사는 댈러스 시내에 있는데 도시 전철을 이용하여 출퇴근하였다. 생활비를 최대한 절약하면서 학비 융자금을 갚아 나가기 시작했다. 그 덕분에 지난 6년간 비었던 집안 작은딸의 자리가 다시 채워진 기쁨은 이루 말할 수 없었다. 작은딸과 같이 지낸 지 어느새 2년이 되어 간다.

나는 작은딸의 이사를 도와주면서 집에 있던 여러 물품을 원하는 대로 가져가라 했다. 사용하던 침대, 소파, TV, 간이 냉장고, 책장 등이 실려 나갔다. 아내는 전기 보온밥통을 포함하여 얼마간의 주방용품들을 챙겨 주었다. 작은딸의 생활 독립, 경제 독립이 실제로 이루어지는가 보다. 작은딸은 이제 자신의 이름 석 자를 가지고 살아가는 사회 독립을 시작할 것이다.

부모 곁에 있는 자녀들의 자리는 이렇게 만들어지고 또 이렇게 떠나가는 것을 알게 되었다. 세월이 흐른 후 이제는 자녀 마음 곁에 머물던 부모의 자리가 또 그렇게 떠나갈지 모른다. 그러는 사이에 자녀는 새로운 자녀의 부모가 되고 또 새로운 자녀의 자리를 만들어 갈게다. 몇백만 년을 두고 이어온 산골짝 개울물 같은 어느 가족의 서사시는 오늘도 이렇게 계속된다.

누군가가 나에게 가족이 무엇이냐고 물으면 어떤 말을 할 수 있을까. 내가 사는 미국의 중고등학교에서 표현되는 부모의 종류가 몇 가지 있다고 한다. 생물학적 부모, 법적 부모, 경제적 부모, 사회적 부모 등이 있다고 한다. 이런 옛 기억이 떠오른다. 작은딸은 고등학교 시절 어느 날 가족 저녁 식사를 하면서 이런 말을 했다. 오늘 학교에서 생활기록부 작성이 있었는데 선생님이 부모의 종류를 설명해 주었다고. 작은딸은 말했다. 자신에게는 한 부모가 모두에 해당하여서 좋다고.

누군가가 나에게 가족이 무엇이냐고 물으면 어떤 말을 할 수 있을까. 보통 사람인 나는 그저 내가 배우고 알아차린 말로만 이렇게 그리고 조심스레 말해 봅니다. 누군가의 생활 독립, 경제 독립, 그리고 사회 독립을 준비해 줄 수 있는 사람은 부모와 진배없다고. 그런 사람으로부터 생활 독립, 경제 독립, 그리고 사회 독립을 준비한 사람은 자녀와 다름없다고. 그런 사람과 사람이 어울려 살고 지내면 이를 가족이라 조심스레 말할 수 있다고.

Leaving home 2

Yesterday my younger daughter moved out. After graduating from graduate school, she lived with her parents for the past two years, and now she moved out to her own apartment. She said that, through living with parents, she paid off a lot of the student loans from undergraduate and graduate school. Now, she became a person who has adopted living independence, economic independence, and social independence as I have reminded her. Thanks to the repayment of the student loans, my wife and I have been able to spend the past two years with my younger daughter and have joy and be grateful for it.

My younger daughter's first-time leaving home was when she entered college. As she entered the undergraduate dormitory, she left us for the first time and began to spend each day on her own. Her living independence began. My wife and I did some grocery deliveries every weekend along with some financial assistance. The college she attended was about 30 minutes away from where I lived. After graduating from college, she went on to graduate school in Illinois. From then on, she became economically independent also, and the tuition and living expenses necessary for graduate school were covered with student loans.

After graduate school, she found a job at a company based in Dallas where I live. Studying a new and demanding skillset at a prestigious graduate school, I believe, granted her the opportunity for a job with such a good offer. However, the amount of the student loans that she had received was beyond my imagination. As a parent coming from a Korean culture, I couldn't help but feel sorry for the situation. Through family meetings, we agreed that supporting her economic independence should be a priority for now.

She started her working career while living with us at our place. The company is in downtown Dallas, and she used the city rail to commute to work. While saving as much as possible on living expenses, she began to pay off her student loans. Thanks to that, her vacancy of the past six years at the house was filled again and the joy coming from that was indescribable. It's been two years since she has been at the house.

I helped her move out and told her to take anything she needs and wants from the house. Bed, sofa, TV, refrigerator, and bookshelves that were hers moved out together. My wife boxed up some kitchenware, including an electric rice cooker. It seems that her living independence and economic independence are being achieved. She will now start her social independence by living with her own identity.

I came to realize that a place for children within their parents is created like this and soon leave like this. After many years, the place for parents in their children's hearts also may leave like this again. In the meantime, the child will become the parent of the new child and will create a place for the new child. A family's epic, like a mountain creek that has been flowing down for millions of years, continues like this today.

What would I say if someone asked me what a family is? It is said that there are several types of parents that are taught in the United States during middle/high school. There are biological parents, legal parents, economic parents, and social parents. It reminds me of an old memory I have. One day, when my younger daughter was in high school, she said this at a family dinner. Today at school, students had to write down family status, and the teacher explained the types of parents. My younger daughter said to us that she is happy to have one set of parents that falls into all categories.

What would I say if someone asked me what a family is? As an ordinary person, I can only carefully explain from just what I have seen and learned. Those who can prepare someone for living independence, economic independence, and social independence are equal to a parent. It is said that those who prepare for living independence, economic independence, and social independence from such a person are no different than being their own children. If someone lives with such person, I can probably say that they are family.

열정

다문화 가정

큰딸에게 오랜만에 글 하나를 만들어 보냅니다.

네가 결혼하여 가정을 이룬 지도 3년이 되어 가는구나. 결혼기념일 7월 7일은 잊고 지나기가 어려울 만큼 좋은 날이라 생각한다. 한국의 친지들을 대표해서 둘째 큰아빠·큰엄마가 와 주신 것에 엄마·아빠는 또한 기뻤다. 미국 댈러스의 더운 여름날 한가운데서 땀 흘리며 진행했던 결혼식은 더욱 잊을 수가 없구나. 더운 여름날을 이기면서 이룬 결혼식은 우리 가족의 신나는 추억을 만들었다고 여긴다.

나는 요즈음 책을 읽으면서 '다문화 가정'이란 말에 관심을 가지게 되었다. 우리 가족은 이제 자연스럽게 다문화 가정이 되었구나. 우리 가족의 단체 카톡에 어떨 땐 내가 영어 문자를, 어떨 땐 사위가 한글 문자를 보낸다. 너는 한국에서 태어나 유년기를 보내기는 했지만, 미국 생활에 더 많이 익숙해졌으리라 여긴다. 너의 남편도 일본에서 생활했던 경험이 있어서 서로에 대한 배려와 이해가 많으리라 여긴다. 모쪼록 서로 사랑하고 이해하는 공감대가 커지고 지속할 수 있도록 노력하며 살아주기를 바란다.

그런데도 어떤 일들을 앞에 두고 서로의 느낌과 의견에 다름을 느낄 때가 있을 것이다. 아빠가 보기에 이는 자연스러운 것이므로 항상 대화하고 시간을 두고 이해하는 노력을 하기 바란다. 이는 너의 시댁 가족들의 지나온 삶과 문화의 모든 것을 네가 알 수 없다는 것과 같은 말이다. 또한 우리 가족들의 지나온 삶과 문화의 모든 것을 네 남편이 알 수 없다는 것과 같은 말이다.

우리 가족이 지난 시절 어떤 가족문화를 만들며 살아왔는지 네 남편이 이해하기는 쉽지 않을 것이다. 할아버지·할머니 시대에 나라를 빼앗기고 전쟁을 경험한 것을 충분히 이해하기란 쉽지 않을 것이다. 돈 없이 가난하여 7명의 가족이 두 칸짜리 월세방에서 십여 년 지낸 것을 이해하기란 어려울 것이다. 고모, 첫째 큰아빠, 둘째 큰아빠는 빵 공장, 다리미 공장을 다니면서 겨우 중·고등학교를 졸업했다. 너의 유학 시절 엄마·아빠의 경제적 어려움을 보고 말없이 도와준 이모들을 이해하기란 어려울 것이다.

네 동생의 교육 문제를 해결하기 위해 내가 대학교수직을 그만두고 가족 모두 미국에 온 것을 이해하기란 쉽지 않을 것이다. 이런 시간으로 만들어진 우리 가족의 문화를 네 남편이 충분히 이해하기 위해서는 어쩌면 긴 시간이 필요할지 모르겠구나. 그러므로 너의 남편이 이에 관해 관심 있어 하고 이해할 수 있을 때까지 여유를 가지고 마음을 다해 기다려 주기를 바란다.

같은 의미로 우리 가족이 너의 시대 가족 문화를 충분히 이해하기도 쉽지 않을 것이다. 네 시부모가 그들의 자녀들을 양육했던 마음과 태도는 아마 엄마·아빠의 경우와 많이 달랐을 것이다. 그들은 비교적 물질적·정신적으로 안정된 사회의 혜택을 받으며 살아왔을 거라 여긴다. 그것은 어쩌면 우리 가족이 오랫동안 바라왔던 여유로운 삶이었는지 모른다.

지난 시절 우리 가족은 오늘과 내일의 생존에 직결된 여러 문제를 극복하며 지내 왔다고 여긴다. 항상 긴장한 가운데 무언가를 결정해야 했으며 그 결과를 오롯이 우리 가족이 책임져야 했었다. 어제보다는 오늘이, 오늘보다는 내일이 잘 될 거라 여기며 하루하루를 감당하며 살았다고 자부한다. 그런 가운데 만들어진 우리 가족의 문화는 조금 더 특별하고 조금 더 단단하리라 조심스레 느껴 본다. 바라기로는 이런 우리 가족 문화의 가치 있는 면에 대해 네 남편이 마음으로 함께 할 수 있으면 좋겠다.

이를 위해서 우리 가족들 모두가 서로 만나 교제하는 기회가 자주 있기를 바란다. '다문화 가정'에 적응해야 하는 우리들이 할 수 있는 좋은 방법 중의 하나가 '교제'라고 생각한다. 미국과 유럽의 기독교 문화, 개인주의, 민주주의, 자본주의가 세상발전의 모델이 된 것은 사실이다. 동양(한국) 문화의 집단(공동체)주의, 혈연(가족)주의가 한국적 세대발전의 원동력이 된 것도 사실이다. 너는 이 두 가지 문화를 모두 이해할 수 있는 내적인 마음과 능력을 갖추고 있다고 믿는다.

올해 우리 큰딸은 엄마가 되었고 나는 할아버지가 되었습니다. 출산 예정일보다 20여 일 일찍 태어나서는 스스로 체온조절을 못 한다고 들었을 땐 걱정이 많았다. 그렇지만 힘든 시기를 이기고 지금은 건강한 아기로 회복되어 내가 기쁘기 이를 데 없다. 내가 틈나는 대로 찾아가 손녀를 보려 하는 이유는 잘 자라준 것에 대한 고마움을 전하기 위해서다. 모쪼록 다문화 가정의 첫 결실인 너의 딸이 잘 자라서 훗날 멋진 인생을 만날 수 있기를 바랍니다. 이런 희망을 꿈꾸게 해준 나의 큰딸과 너의 남편이자 나의 사위에게 감사를 전합니다.

아빠가.

Multicultural family

I haven't written to you, my eldest daughter, in a long time.

It's been 3 years since you got married and started your own family. I think July 7th as your wedding anniversary is great since it's easy to remember. Your mom and I were happy that your uncle and aunt from Korea were able to come to your wedding on behalf of your Korean relatives. A mid-summer wedding in Texas is also pretty hard to forget. A hot summer wedding will definitely be a fun memory for our family.

While reading, I've become interested in the concept of a 'multicultural family'. Our family has now become a multicultural family. In our family group chat, sometimes I send messages in English and sometimes my son-in-law sends messages in Korean. You were born and grew up in Korea, but I think you have become more comfortable with life in the United States. Your husband lived in Japan for some time, so he may be more understanding of Asian cultures. I hope you two continue to love one another and put in the effort to understand each other through the years.

However, there will be times when you will have different perspectives and opinions. The way I see it, that's pretty normal, so it's important to keep an open dialogue and try to see where the other person is coming from. In other words, it's hard to know everything about the family history and culture of your in-laws. Similarly, your husband doesn't know everything about our family history and culture.

It will be difficult for your husband to understand how our family dynamic has come to be. It will not be easy to understand the life that your grandparents lived through in times of war and colonization. It's hard to imagine a family of seven so poor that they had to rent a two-bedroom space for ten years. Your aunt, first uncle, and second uncle barely graduated from middle and high school while working at a bread factory and an iron factory. It will be difficult to understand how your aunts helped us without complaints when they saw our financial difficulties as we tried to put you through private schools abroad.

It won't be easy to see why I quit my job as a professor in Korea and moved to the United States for your younger sister's education and future. It will take a long time for your husband to fully understand our family history, dynamic, and culture. So be patient, generous, and kind to your husband until he becomes more interested in learning about our family and understanding of how we came to be.

Similarly, it will not be easy for us to fully understand the family history, dynamic, and culture of your husband's family. Your in-law's child-rearing philosophies may have been very different from your mom and me. Compared to us, it seems like they might have had a more stable place in society, financially and socially. It may have been the kind of life that our family has been striving for all this time.

Looking back, we dealt with a lot of problems directly related to day-to-day survival. We always had to make decisions amidst stress and we were responsible for our decisions, no matter what. I'm proud of us for believing today is better than yesterday and tomorrow will be better than today. Because so, I'd like to think our family is unique and special, hardened by trials and tribulations. Hopefully, one day, your husband can come to appreciate and see the value of our unique family experience.

I'd like for us to spend more time together. One of the best ways to adapt to being a new multicultural family is to spend more time together. The western world's Christianity, individualism, democracy, and capitalism have been used as blueprints for some parts of the world. The eastern world's collectivism and blood-ties (family centrism) are some of the driving forces of Korean societies. I believe you have the heart and mind to understand both the east and the west.

This year, you became a mother and I became a grandfather. I was worried a lot when I heard that your baby was born 20 days earlier than the due date and could not regulate her own body temperature. However, I am so happy now that she has overcome the hard times and recovered as a healthy baby. The reason I try to see my granddaughter as much as possible is to say thank you to her for these things. I hope your daughter, the first fruit of our multicultural family, will grow up and have a wonderful life in the future. I'd like to thank you, my eldest daughter, and my son-in-law who made this hope possible.

From Dad.

스트레스에게 하고 싶은 말

　요사이 아내가 직장에서 여러 가지 일들로 인해 스트레스를 받는 것 같다. 나는 아내가 여러 번 직장을 바꾼 후 나이 들어 얻은 현재 직장에서의 생활을 응원하는 마음이 크다. 그래서 나는 직장생활에 관한 아내의 이야기를 시간이 하락하는 대로 듣고 이해하려고 노력 중이다. 그런데 직장 일에 관한 아내의 화젯거리와 하소연이 요사이 특별하게 느껴졌다. 급기야 잠자리에 들기 전에도, 아침에 눈을 떠서 일어나기 전에도 직장 일에 관해 하소연을 들어야 했다.

　더는 이래서는 안 되겠다 싶어 오늘은 냉정하게 아내의 언행에 대해 작은 질책을 하였다. 우리의 남은 인생 목표가 무언지, 직장에는 왜 다니는지, 직장 일이 그리도 중요한 것인지 등등. 아침 출근 전에 갑작스레 일어난 일이라 대화를 서로 정리하지도 못한 채 아내는 출근했다. 나는 마침 오늘 쉬는 날이라 아내 출근 후에 아침 산책하면서 풀어 놓았던 말과 마음을 정리해 본다.

　우리네 세상은 많고 다양한 사람들과 만나고 어울려 살아가는 게 인지상정입니다. 사람은 누구나 살면서 무언가를 느끼고 알아 가며,

말하고 또한 행동하면서 지냅니다. 우리는 그러한 사람들을 구분하여 영웅들, 대인배, 중인배, 그리고 소인배라고 부릅니다.

지혜를 신념화하여 말하고 또 그것을 위해 행동하는 사람들을 두고 우리는 영웅들이라 부른다. 지혜를 갖고 그것에 맞게 행동하지만, 언행에 신중한 사람들을 두고 우리는 대인배라고 부른다. 부족한 지혜, 부족한 언행, 그리고 부족한 행동의 사람들을 두고 우리는 중인배라고 부른다. 지혜와 행동은 하나 없고 말만 하는 사람들을 두고 우리는 소인배라고 부른다. 그리고 소인배의 공통된 특징은 아마도 생각만큼은 스스로 대인배라고 여긴다는 것이다.

세상이란 함께 사는 것이다 보니 어울려 서로에게 영향을 주고받는 것이 자연스럽다고 할 것이다. 그런데 불행히도 그러한 영향이 서로가 원하지 않는 방향으로 갈 수도 있음을 가끔 느낀다. 요사이 직장 일에 관한 아내의 하소연을 듣다 보니 이런 생각이 더욱 크게 다가온다.

그래서 오래전 알게 된 '생활 속의 마음 수양'이란 것이 필요한 것을 다시금 깨달을 수 있었다. 소인배, 중인배 같은 자신을 늘 돌아보면서 대인배의 태도와 언행을 배우는 노력이 있으면 좋겠다. 처음엔 대인배였지만 언제부턴가 자신이 소인배 무리 속에 빠지는 것을 경계할 수 있으면 좋겠다.

누구의 인격을 대인배며 소인배로 나누는 것은 자신을 경계하기 위함임을 새기고 또 새기고 싶다. 또한 공적인 것과 사적인 것을 잘 구별하려 노력해야 함은 살아가는 동안 언제나 중요한 것일 거다. 공적인 시간과 환경에서 사적인 감정으로 이를 대하면 스트레스가 확대 생산 될 수 있으며, 사적인 시간과 환경에서 공적인 화젯거리는 오히려 자신의 스트레스를 더욱 쌓이게 할 수 있다.

나는 살면서 내 인격을 담고 있는 마음을 안정, 수양, 그리고 수련하는 데 노력한 적이 있는가? 때맞추어 찾아오는 스트레스 극복을 위해 마음과 언행을 일치하려고 노력한 시간이 얼마인가? 내 인생에 중요한 것을 잊고 잃으면서도 의미 없을지 모르는 일들 앞에서 힘들어하지는 않았는가? 살면서 한없이 찾아오는 스트레스에게 언제 이런 말을 할 수 있으면 좋겠다.

"스트레스야 너도 참 힘들게 사는구나."

Dear Stress

My wife recently seems to be stressed from various things at work. Knowing that she had various jobs in the past and started this job at an older age, I have full respect and support for her current work life. So, I'm trying to listen and understand her work story as much as I can. However, her talks and complaints about work have felt a bit different these days. I catch myself listening to her complaints about work before I fall asleep and as I wake up in the morning.

Feeling like I had enough, I confronted her about her recent words and actions today. What is our goal for the rest of our lives? Why do we go to work? How important is work? Etc. This conversation happened so sudden in the morning that she went to work without fully reflecting on it together. Since it was my day off, after she left for work, I took some time to organize my thought and feelings during my morning walk.

In our world, it is naturally assumed that we meet and live with many different people. Everyone lives by feeling and understanding, and through words and action. We distinguish them such as people like heroes, people worth high respect, people worth a little respect, and people worth no respect.

We call heroes of those who believe in wisdom, who speak of it, and who take action. People who have wisdom and act accordingly, but are careful with their words and actions, we see them as being worthy of high respect.

People with not enough wisdom, words, nor deeds, we see them as worthy of a little respect. People who only talk without any wisdom nor deeds, we see them as worthy of no respect. And the common characteristic of the people worthy of no respect is that they think themselves to be the people worthy of high respect.

Since the world exists through living together, it is natural to get along and influence each other. Unfortunately, I feel that sometimes that influence takes one another to an unwanted direction. Nowadays, listening to my wife complain about her job, these thoughts of mine are even bigger.

So, I was able to realize again the necessity of the 'mind-disciplines in living day' that I learned a long time ago. It would be nice if we can look back at ourselves and make an effort to learn the attitudes and actions of the people worthy of high respect, even though we might only be worthy of a little or no respect. We may all have been people worthy of high respect in the beginning, but as we lose that respect through time, I wish we would be more cautious of becoming those of little or no respect.

I want to keep in mind that dividing someone into groups worthy of high or low respect is to be cautious of oneself.

Also, differentiating between public and private things throughout life is important. Using personal emotions for things that happened in more public and professional times can increase stress, and talking about public things during private times will only accumulate more stress on you.

Have I ever tried to stabilize, meditate, and discipline the mind that contains my character in life? How long did I try to match my heart and words to overcome the stresses that arise time to time? While we often forget even the most important things in life, have I struggled for things that might be meaningless? It would be nice if I could say something like this to all the stresses that continue to come in my life.

"Dear stress, seems like you also struggle to live."

잔디와 식목일

    수년 전에 새로 짓는 단독주택을 사서 이사를 왔다. 젊어 결혼 후부터 줄곧 아파트에서 살다가 나이 50을 넘기고서 처음으로 단독주택에 살게 되었다. 팔을 걷어 올리고 열정적으로 시작한 집 가꾸기는 해를 넘기면서 점점 무뎌지기 시작했다. 집 관리를 홍보하는 회사들의 안내를 조용히 사양하고는 지금까지 나 스스로 집 관리를 해오고 있다. 집 관리에는 잔디관리, 해충박멸, 집 안 청소를 비롯해 방범 장치 설치 등이 있다.

    나름 집 관리에 얼마간 자신감이 생기긴 했으나 유독 잔디관리에는 아직도 시행착오를 하고 있다. 그동안 잔디관리를 위하여 인터넷 자료를 살피어 많은 정보를 구하고 이를 정리하여 왔다. 하지만 그런데도 그동안 집 잔디는 관리 잘못의 결과로 여러 곳이 죽었고 잡초도 무성하다. 죽어 없어진 잔디로 인해 아내와 딸들에게 들은 힐책은 적어도 한 바구니는 되고도 남을 것이다.

    올해에는 무슨 일이 있어도 집 잔디를 살려서 이사 올 때의 그 푸르름을 되찾으려고 마음먹었다. 우선 지난 잔디관리에서 어떤 부족

함이 있었는지를 따져 보는 것으로 시작했다. 그리고 지난 시간 동안 정리했던 잔디 관리요령과 다시 한번 비교하였다. 이를 바탕으로 새로운 잔디 회복과 관리를 위한 계획을 세웠다.

봄이 시작되는 3월 중순에 잡초 제거제를 사용하여 잔디밭에 난 잡초를 대부분 제거하였다. 잡초 제거제 사용 후 잡초들이 시들기 시작하여 그 자리가 빈 곳으로 남았는데 그 면적이 상당하였다. 4월이 되면서 잔디 흙을 보충하고 영양제를 주었으며 그 며칠 뒤에는 잔디씨를 뿌렸다. 또한 잔디 물주기도 매일 이른 아침에 할 수 있도록 자동 설정해 두었다.

그리고 보니 한국의 4월 5일 식목일이 떠오른다. 괜찮았던 집 잔디가 나의 관리 잘못으로 인해 많이 죽어 없어지고 나서야 식목일이 새삼 생각난다. 인간과 의사소통이 없는 식물을 심고 가꾼다는 것이 어려운 일임을 집 잔디를 통해 더욱 알게 되었다.

1872년 4월 미국 네브래스카 주에서 처음 열린 식목 행사와 축제가 세계적으로 퍼졌다고 한다. 한국에서는 1948년에 식목일이 공휴일로 지정되었다고 한다. 그 뒤로 한국은 전쟁으로 인해 거의 파괴된 국가 산림을 완벽하게 회복한 세계적 모범사례가 되었다. 한반도 남쪽 지역의 푸르른 산림은 인공위성 사진을 통해 언제든지 보고 확인할 수 있다.

내 집 정원 잔디를 예전 건강한 상태로 회복하는 프로젝트가 식목일에 맞추어 본격 시행되고 있다. 정원 잔디 살리기가 잘될 거라 믿지만, 한편으로 걱정도 크다. 왜냐하면 그동안의 정보와 자료들로부터 얻은 지혜가 그리 크지 않기 때문이다. 물을 자주 주고 때맞추어 영양제를 주어야 하며 특히 햇볕이 있어야 한다는 것은 경험에서 배웠다. 식목일 아침 잔디에 영양제를 주면서 새삼 확인한 말이 있다. '세상 모든 것이 구글에 있지는 않다.'

지난 시절 대학교에서 학생들을 가르치며 그들에게 한 말도 떠오른다. "공학은 머리에서 나오는 것이 아니라 손끝에서 나온다." 학생들이 그림을 그리면서 문제를 객관화하고 단순화하며, 계산하면서 최적해에 다가서기를 바라면서 하던 말이다. 그러고 보니 인생도 상상보다는 땀과 노력이 더 필요하단 말이 떠오른다.

집 잔디를 가꾸면서 배우는 것도 이와 다를 게 거의 없는 것 같다. 잘못이 있고 시행착오가 있으며 힐책과 비판도 있고 이를 인정하는 내 마음도 있다. 그러면서 집 잔디 회복을 목표로 다시 일어서서 해야 할 일들을 계획하고 실천하려 한다. 소매를 걷어 올리고 장화를 신으며 소똥 냄새 나는 잔디 흙을 가슴에 한가득 안고 나선다. 해 질 녘 일을 마치며 땀도 훔쳐보니 새삼 집 잔디에 미안함과 자신감이 교차하며 생긴다.

"지금까지 많이 미안. 올해부터는 괜찮아질 거야. 걱정하지 마라. 잔디야."

Turf and Arbor Day

Several years ago, I bought a newly built house and moved in. Ever since I got married, we lived in an apartment, but after the age of 50, I finally was able to live in a single residential house for the first time. Managing the house that started with sweat and passion began to become dull as the years passed. I have quietly declined the professional house management helps, and have been managing the house myself so far. House management includes lawn management, pest control, cleaning of the house, and installation of security devices, etc.

Although I gained some confidence in the management of the house, I still have trial and error in the management of the lawn. In the meantime, for turf management I searched on the internet for information and was able to organize them. However, in the meantime, much turf has died because of mismanagement and weeds are abundant. The nagging from my wife and daughters about the dead turf would be more than a basketful.

This year, no matter what happens, I made up my mind to restore the greenness of the turf like it was when I moved in. First, I started by examining what kind of deficiencies existed in the turf management so far. And I compared it again with the lawn care tips I had organized over time. Based on this, a plan for new turf restoration and management was made.

Most of the weeds on the lawn were removed by using a weed removal tool in mid-March when spring began. After using the weed remover, the weeds began to wither and the spot remained empty, but the area was significant. In April, the turf soil was replenished, and nutritional supplements were given, and grass seeds were sown a few days later. In addition, the lawn watering sprinkler has been automatically set so that watering can be done early in the morning every day.

Then I think of Arbor Day on April 5 in South Korea. Only after my lawn has failed to stay healthy due to my poor management, I think of the Arbor Day. Through the lawn of the house, I realize more that it is difficult to plant and take care of plants that we can't communicate with.

It is said that the first planting event and festival held in

Nebraska, USA on April 1872 took place worldwide. In South Korea, Arbor Day was designated as a public holiday in 1948. Since then, South Korea has become an example to the world by restoring most of the national forests that were destroyed by the Korean War. The green forest in the southern region of the Korean Peninsula can be seen at anytime through satellite photographs.

The project to restore my home yard lawn to its former healthy condition is being executed as Arbor Day comes around. I believe that it will be a good way to save the yard lawn, but on the other hand, I have a lot of worries. It is because I have not gained much wisdom from the information I gathered so far. I have learned from experience that I need to water often, and give nutritional supplements periodically, and more importantly that they need sunlight. There is a saying that came to mind as I was giving the turf nutrients on the morning of Arbor Day. 'Not everything in the world is in Google.'

I remember what I said to the students I taught back in the day at the university. "Engineering doesn't come from the brain; it comes from the fingertips." This is what I said hoping that students will objectify and simplify the problem by drawing, and approach an optimal solution by calculating. Come to think of it, it reminds me that life needs more sweat and effort than imagination.

I might learn the same lesson while caring for the lawn of my house. There are mistakes, trial and error, reprimands and criticism, and the heart to admit all of them. In the meantime, with the goal of restoring the lawn of the house, I stand up again to plan and execute the things I need to do. I roll up the sleeves, put on boots, and carry a lot of soil that smells like cow manure. As I wipe my sweat and finish today's work for lawn at sunset, I began to feel sorry but confident at the same time.

"I'm so sorry for what has been. It will be fine from this year. Don't worry, turf."

어떤 사람

내가 아는 한 사람이 있다. 그는 30대 후반의 미국 남자로 지난 시절에 미 육군에서 복무하였다. 군 복무 시절에는 이라크 전투지역에서 근무하기도 하였다. 결혼하여 아내와 딸 하나를 두었다.

그가 이라크에서 군 복무를 하는 동안에 미국에 있던 아내는 어린 딸을 둔 채 자동차 사고로 목숨을 잃었다. 그는 군 복무를 계획보다 일찍 마치고 미국으로 돌아와 어린 딸을 돌보고 키워야 했다. 홀로된 아버지 밑에서 자란 그의 딸은 중학생이 되면서 암이 발생하였다. 그의 딸은 병원치료를 일 년 넘게 받았으나 치료되지 못한 채 악화하는 상태에 이르렀다. 그는 지난해에 그의 딸을 잃었다.

아내에 이어 딸마저 잃은 그는 정신적 충격을 적잖게 받았다. 다행히 지역사회의 도움으로 정신적 충격을 이겨내고 있다. 지역사회는 그와 비슷한 처지에 있는 사람들이 서로 교류하는 프로그램을 운영하고 있는데, 그는 이 교류 활동을 통해 위안을 받고 새로운 삶을 꾸릴 수 있는 용기와 기회를 얻고 있다.

그는 몇 달 전에 심장병 수술을 받았다. 군 복무 도중 발병하여 조기 제대를 고려해야 했던 심장질환인데 그는 그동안 약물치료를 하고 있었다. 그런데 약물치료의 효과가 점점 줄어들어 담당 의사의 조언으로 급기야 수술 처방을 하게 되었다. 그는 수술 후 회복과정에서 많은 조심을 해야 했으나 지금은 거의 정상으로 회복되었다고 한다.

그런데 며칠 전 그는 자기 어머니가 자동차 사고로 세상을 떠났다는 소식을 들어야 했다. 그의 어머니 나이는 이제 59세였다. 한밤에 일어난 자동차 사고 때문이었는데 그는 다음 날 아침에 외할아버지로부터 소식을 들었다. 그의 외할아버지는 92세의 나이로 혼자 운전까지 할 수 있을 만큼 건강함을 아직 유지하고 있다. 그의 외할아버지는 2차 세계대전과 한국전쟁에 모두 참전했던 퇴역군인이다.

이제 그에게는 외할아버지 그리고 어머니와 이혼 후 지금껏 연락이 없는 그의 옛 아버지가 남아 있다. 그는 어쩌면 운명이란 것에는 이겨내기 힘들 정도의 가혹함이 가득 차 있음을 느끼게 될지도 모른다. 내가 그이였다면 그런 운명 앞에서 나는 어떤 모습을 하고 있을까. 나는 나 스스로에게 그럼에도 불구하고 '내 운명을 사랑하라'고 강변할 수 있을까. 누군가에게 '가혹한 운명이란 것'이 있다면 바로 이를 두고 하는 말이 아닐까 싶다.

지난해부터 지금까지 나는 그에게 3번의 위로와 3번의 격려를 해주었다. 어쩌면 내년까지 해서 또 한 번의 위로와 또 한 번의 격려를 더 하여 주어야 할지 모른다. 누군가에게 '가혹한 운명이란 것'이 있다면 이를 두고 하는 말이 아닐까 싶다. 그가 '가혹한 자신의 운명'을 극복할지 아니면 절망 속으로 빠질지 나는 지금 알지 못한다.

그는 아내와 딸을 잃었고 최근에 어머니까지 잃었다. 그에게는 이제 구순을 넘긴 외할아버지 한 사람만이 남아 있다. 그에게서 일어나는 일들을 알게 되면서 '가혹한 운명'이란 이름의 실체를 알 수 있을 듯하다.

누구나 살면서 한번은 자신이야말로 가혹한 운명을 걸머진 운명신 모이라의 아트로포스라고 여긴다. 나도 지난날을 돌아보면 가혹한 운명이라 여길 만한 시절이 없지는 않았다고 생각한다. 다행히 나와 내 가족은 이를 인생의 도전이라 여기고 잘 이겨냈다고 생각한다. 운명 앞에 탄식하지 않고 무언가를 계획하고 또 행했으며, 그 결과 잘되기도 했고 또 잘못되기도 했다. 주변으로부터 얼마간의 격려와 신뢰가 만들어 준 감사한 행운도 있었으리라 여긴다.

그러나 나에게 있었던 '가혹한 운명'의 모든 것을 합쳐도 지금 그 사람에는 비길 수 없으리라. 나는 지나온 지난 시절의 이야기들을 모아서 책 한 권을 만들었다. 제목은 '100차선 희망'이다. 그에게 이 책을 소개하고 싶지만, 그날이 언제 올지 나는 지금 알지 못한다.

(그로부터 1년 후 그의 외할아버지는 세상을 떠났다.)

A person

There is a person I know. He is an American man in his late-30s who served in the US Army before. During his military service, he also worked in Iraqi combat zones. He got married to his wife and had a daughter.

While he served in the Iraqi military, his wife in the US passed away in a car accident leaving their young daughter. After completing his military service earlier than planned, he had to return to the US to raise his young daughter. His daughter, who was raised by a single father, had cancer when she was in middle school. His daughter had been in the hospital for more than a year, but without any signs of getting better, the condition became worse. He lost his daughter last year.

After losing his wife and daughter, he suffered from trauma. Fortunately, he is overcoming the trauma with the help of the local community. The community runs a program to interact with people in similar situations, and he has been receiving comfort, courage, and opportunity to make a new life, through this engagement.

He had heart surgery a few months ago. His heart condition occurred during military service. Because of this, he had considered early discharge, and he has been on medication for a while. However, the effectiveness of the medication gradually decreased, and surgery was finally recommended from the doctor in charge. He had to be careful during the recovery after surgery, but now he has almost fully recovered.

But a few days ago, he had to hear that his mother had died in a car accident. His mother was now 59 years old. Because the accident happened around midnight, he heard the news next day morning from his maternal grandfather. His grandfather, at the age of 92, is still healthy enough to drive alone. His grandfather was a veteran who participated in both World War II and the Korean War.

Now, he has his maternal grandfather and his father who he has not been in contact with ever since the divorce with his mother. He might find that life is full of harshness that is hard to overcome. If I were him, what would I look like in front of such fate? Nonetheless, will I be able to tell myself 'Love my destiny'? If someone has a 'harsh fate', I wonder if he is like this person.

From last year until now, I gave him comfort and encouragement both 3 times each. Maybe by next year, I might need to add another comfort and another encouragement. If someone has a 'harsh fate', I wonder if he is like this person. I don't know whether he will overcome his 'harsh fate' or if he will fall into despair.

He lost his wife and daughter, and recently his mother. Only family left is his grandfather who is over 90 years old. As I hear his story, I think I'm able to understand the true face of this thing called 'harsh fate.'

Everyone, at one point in their lives, will refer to themselves as the Atropos of Moira, the god of fate, who suffered a harsh fate. When I look back on the past, I also think there were times when I thought of my harsh fate. Fortunately, my family and I saw it as a challenge in life and I think we overcame it well. We planned and took action without sighing in front of fate, and as a result, some went well and some did not. I think there also have been a luck made by the encouragement and trust we received from others.

However, even if I put all my 'harsh fate' together, it would be incomparable to his now. I made a book by collecting stories from the past. It is called 'Hopes in more than 100 ways'. I want to introduce this book to him, but I don't know when that day will come.

(One year later, his grandfather passed away.)

모바일 결제 전자 지갑

어느 비 오는 날 저녁 무렵 내가 일하고 있는 매장에 손님 한 사람이 들어왔다. 20대 후반의 젊은 손님은 연신 몸에 흐르는 빗물로 바닥을 뒤 적시며 쇼핑을 한다. 그러고 보니 바깥 날씨는 장난이 아니다. 천둥·번개에 세찬 비가 내리고 있었다.

몇 가지 물건을 고른 그는 계산대에 있는 나에게 와서 이렇게 물었다.

"물건값 계산을 모바일 결제(Apple-Pay)로 할 수 있나요?"

"물론입니다. 가능합니다."라고 나는 말하면서 모바일 결제 단말기로 그를 안내하였다. 그러나 몇 번의 시도에도 모바일 결제가 이루어지지 않았다. 매장 밖에는 천둥·번개와 더불어 세찬 비가 계속해서 내리고 있었다.

애플페이(Apple-Pay) 혹은 삼성페이(Samsung-Pay)는 모바일 결제 및 전자 지갑 서비스를 말한다. 핸드폰을 사용하여 비용 결제 등과 같은 금융업무를 할 수 있는 기술로 21세기를 상징하고 있다. 핸드폰 사용에 익숙하지 않은 나는 아직 그 같은 서비스를 이용하고 있지는 않다. 그러나 요즈음 젊은이들은 이미 모바일 결제 서비스를 많이 사용하고 있음을 나는 알고 있다.

비가 오던 그날 밤에 모바일 결제, 전자 지갑의 화려한 기술은 그 체면을 구겼다. 궂은 날씨 탓에 와이파이(WiFi)가 제대로 작동하지 않은 까닭이었다. 모바일 결제가 되지 않자 그는 결국 포기를 하고 이렇게 말했다. "저를 잠시 기다려 주세요. 차에 가서 현금을 가지고 올게요." 잠시 후에 그는 다시금 빗물을 온몸에 흘리면서 계산대 앞에 나타났다. 그의 두 손에는 동전 한 움큼이 담겨 있었다. 그는 계산대에서 한동안 동전을 센 다음에야 물건값을 낼 수 있었다. 모바일 결제가 제한되는 환경에서는 이를 사용자에게 미리 알려주는 서비스가 포함되면 좋겠다.

나의 사위는 컴퓨터 공학자이다. 그는 한 다국적 통신장비회사에서 일하고 있는데 비슷한 경험을 했다고 한다. 자신이 일하는 미국 댈러스 지사와 캐나다 지사와의 원격 협력 근무가 있는 날이었다. 그날 캐나다 지사가 있는 지역에서는 토네이도(Tornado)가 발생하는 등 궂은 날씨를 보였다. 때마침 캐나다 지사 지역에 정전이 되어 그 회사는 비상 발전기 전원으로 업무를 진행해야 했다. 하지만 인터넷 연결이 되질 않아 결국 협력 근무는 무산되었고 그날의 근무를 공쳤다고 하였다.

우리는 인류 역사상 가장 편리하고 빠르며 정확하다는 21세기를 사는 자부심이 있는지 모른다. 그러나 어떤 날에는 두 손을 사용하여 손수 동전을 담고 세어야 하며, 또 어떤 날에는 아무런 성과도 내지 못하고 하루 일을 공치기도 한다.

빠르고 쉼 없어 보이는 디지털 세상에서도 한없을 정도로 느린 아날로그 시간이 있다. 거미줄만큼 다중적인 디지털 연결망도 끊길 때가 있는데 이때 우리는 우리를 되돌아볼 수 있다. 우리를 되돌아보는 시간, 쉬어가는 시간, 그리고 느림이 주는 인간다움의 느낌이 많으면 좋겠다. 우리들 마음에 느림의 지혜를 알리려 오는 전령사, 비 오는 날들이 이따금 흠뻑 하기를 바라고 싶다.

Mobile payment Digital wallet

One rainy evening, a customer entered the store where I work. He seems to be in his late twenties and is shopping with the rainwater drenching his entire body. The weather does look terrible outside. It was raining heavily with thunder and lightning.

After choosing a couple of items, he came to me at the register to check out and asked.

"Can I check out these using Apple-Pay (mobile payment)?"

"Of course. It is possible." I said and guided him to the Pin-Pad. However, even after several attempts, mobile payment did not go through. Outside the store, thunder, lightning and heavy rain continued.

Apple-Pay or Samsung-Pay refers to mobile payment and digital wallet services. It symbolizes the 21st century as a technology that enables financial business such as payment of expenses using a mobile phone. I'm not used to using cell phones in general so I do not use the service at the moment. However, I know that young people these days are already using mobile payment services frequently.

On that rainy night, the brilliant technology of mobile payment and digital wallet lost its fame. Because of the terrible weather, the WiFi did not work properly. When the mobile payment didn't work, he eventually gave up and said: "Please wait for me. I'll go to the car and bring some cash." After a while, he appeared in front of me, the cashier, again with the rainwater flowing on his entire body. There was a handful of coins in both of his hands. He had to count coins at the cash register for a while, and then he could pay for the goods. It would be nice to implement a service that notifies users in advance when mobile payments are restricted.

My son-in-law is a computer engineer. He works in a global IT company and has gotten similar experiences while working before. One day there was a collaboration between his office in Dallas and the office in Canada. On that day, inclement weather including a tornado occurred in the area where the office was in Canada. At the same time, there was a power outage in that area and the office had to run the emergency power generator for their work. However, the Internet connection was not available, the collaborative work was eventually canceled, and he did nothing but kill time.

We may be proud to live in the 21st century as the most convenient, fastest, and most accurate time in human history. However, on some days we use our two hands to hold and count coins by hand. Also, on some days, we don't get any meaningful results, and we do nothing but kill time all day long.

Even in a fast and restless digital world, there exists an extremely slow analog time. There may be times when multiple digital networks like a spider web are cut off, and at this point we can look back at ourselves. It would be great if we had more time to look back, more time to rest, and more sense of humanity that a slow life offers. A rainy day might be messenger to let us know the wisdom of slowness in our hearts. I hope we can be drenched in rain on those days from time to time.

행복한 순간, 행복한 시대, 행복한 인생

최근 어느 철학자의 책을 읽는 가운데 '행복한 순간, 행복한 시대'라는 글귀를 보았다. 살면서 얼마간의 행복한 순간들은 누구에게나 있었고 또 있을 거라 생각해 본다. 사람이 태어나 사는 동안에 느끼는 행복이란 무엇이고 또 어떤 의미일까. 사람이 살면서 느끼는 행복한 시절 혹은 시대란 어떤 것을 두고 말하는 것일까. 사람이 먼 훗날 자신 인생을 되짚어 보면서 행복한 인생이었음을 어떻게 말할 수 있을까. 행복이 무엇인지 아직 잘 모르지만, 그저 어제보다 조금 나은 오늘이 있다면 그것이 행복일 수 있을까.

아득한 옛날, 사냥으로 살았던 시절에는 힘든 사냥 후 배부른 식사와 잠시간의 안전한 휴식이 바로 행복한 순간이 아니었을까 싶다. 다음 날 해가 뜨면 또다시 힘든 사냥과 채집을 위해 길을 떠나야 한다는 사실에 지금의 휴식이 더 행복감을 주었을는지 모른다. 살기 위해 감수해야 하는 위험과 배고픔으로부터 잠시라도 벗어날 수 있는 순간이 행복한 순간이었을 것이다. 그때의 인생에는 오늘에 대한 생각이 대부분이었고 어제와 내일에 대한 생각은 크지 않았으리라.

농사를 짓고 집단생활을 시작하면서 사람들은 배부른 식사가 주는 행복감이 점점 줄어들기 시작했는지 모른다. 대신 농사에 따른 집단적 육체노동이 만든 새롭고도 불행한 생활이 점점 늘어났을 것이다. 고대 사회에서 발전한 대규모 축제문화는 장기간 반복되는 노동에 단기간의 즐거움 같은 행복감을 끼워 주었을 것이다. 피지배계층의 대부분 사람은 육체노동을 벗어나 자신과 가족 그리고 공동체 구성원들 간의 사회적 교제를 나누면서 개인적으로 행복감을 느꼈을 것이다. 그때의 인생에는 다가올 축제를 기다리는 마음 한편에 행복 항아리를 두었는지도 모른다. 내일에 대한 좋은 생각이 행복의 크기를 조금 더 키웠으리라 짐작해 본다.

언제부터인가 사람들은 하루가 반복되고 달이 반복되며 해가 반복되고 또한 인생의 생로병사가 반복됨을 지혜로 간직하게 되었다. 또한 잦은 전쟁과 질병으로 인한 죽음은 개인이 만든 사회적 교제의 해체를 야기하면서 사람들은 불행함을 느꼈을는지 모른다. 생로병사의 반복은 인생의 무상함과 죽음에의 두려움을 만들고 개인이 형성한 사회적 교제의 해체는 새로운 유형의 불행감을 만들었을 것이다. 그때의 사람들은 현재와 미래의 불행에서 벗어나려 개인적으로 특별한 노력을 했을 터이다. 미래의 행복을 위해 어제와 오늘은 참고 견디려는 노력이 있었을 게다. 어제의 불행을 오늘의 노력으로 극복하여 내일은 행복할 수 있다는 바람과 믿음을 가졌을 것이다. 이런 행복에 대한 바람과 믿음은 우리가 사는 오늘날까지 이어지고 있으리라.

지난 몇백 년 동안 물질 중심의 사회 속에서 오늘을 사는 우리는 다른 사람의 시선 줄에 달린 물질의 크기에 우리 자신의 행복을 옷 입히고 있지 않았을까 생각해 본다. 자신이 가진 부, 명예, 권력 등의 크기를 다른 사람들의 것과 비교해서 자신의 행복 크기를 결정하는 문화에 젖은 까닭일 것이다. 행복이란 어떤 것일까. 나의 시선 줄에 달린 동전 하나. 한 면에는 '물질', 다른 면에는 '가치'가 적힌 채 때에 따라 돌고 있는 동전 하나가 내 인생의 행복 모습이 아닐까. 나의 시선 줄에 달린 나의 행복.

나의 시선 줄 길이는 인생을 바라보는 나의 지혜의 크기. 지혜는 살면서 깨닫고 배우기를 반복하면서 커질 수 있으리라. 지혜는 자연에서, 책에서, 또는 만나는 사람에게서 배운다. 배우려는 마음이 지혜로 가는 안내자일 것이다. 지혜로 내 인생 시선 줄이 길고 튼튼해질수록 그곳에 달린 행복도 인생 바람에 쉬 흔들리지 않을 거라 나는 믿고 또 바란다.

행복은 우리네 각자 인생 무대에서 이리저리 움직이며 굴러다닌다. 나의 인생 시선 줄에 나의 인생 행복을 달아 본다. 행복의 재료는 아마도 얼마간의 '물질'과 또 얼마간의 '가치'로 이루어진다고 할 수 있다. 행복은 '물질'과 '가치'가 새겨진 동전의 양면 같고 또한 서로 변화하며 나의 인생 앞에 나타나곤 한다.

돌아보면 나는 어떤 때에는 더 많은 물질에서, 어떤 때에는 더 큰 가치로움에서 행복감을 느끼곤 했다. 물질에 집착하여 가치를 못 본 채 지낼 때도 있었다. 그래도 나의 인생 시선 줄에 나의 행복을 걸어 보려는 노력은 지금도 진행 중이다. 어쩌면 가장 불행한 사람은 다른 사람의 시선 줄에 나의 행복을 매달려고 하는 사람일 것이다.

　평생을 두고 나를 따라다니며 때로는 나를 만드는 인생 시선 줄은 씨줄과 날줄 두 개로 되어 있다. 씨줄은 시간으로 만들어지고 날줄은 행하는 일로 만들어진다. 살면서 해야 할 일들과 하고 싶은 일들을 구분하면 좋겠다. 살아갈수록 해야 하는 일들이 점점 적어지고 하고 싶은 일들을 더 많이 할 수 있으면 좋겠다. 행복은 아마도 이런 인생 시선 줄에 달려 있기를 더 바랄지 모르겠다.

Happy Moments, Happy Times, and Happy Life

Recently, while reading a philosopher's book, I came across the phrase 'Happy moments, Happy times'. I think that some happy moments in life have been and would happen to everyone. What is happiness and what does it mean while a person is born and lives? What can we say about it when we feel we are in the happy times in our life? Can we say that it was a happy life when we are aged and look back on life? Even though we still don't know what happiness is, can we say it could be happiness if it was just a little bit better today than yesterday?

In the distant past, when mankind lived by hunting, a full meal and a brief, safe rest after a hard hunt would be a happy moment. Having known that they have to set off again for hard hunting and gathering as the sun rises the next day may have made their present rest happier. It must have been a happy moment when they could escape from the danger and hunger they had to take to live, even for a moment. At that time, most of our thoughts were about today, and we would not have thought much about yesterday and tomorrow.

As people started farming and living in groups, they might have begun to have less and less feelings of happiness that enough meals give. Instead, a new and unhappy life caused by collective manual labor along with farming would have increased. The large-scale festival culture developed in ancient society would have added a sense of happiness such as short-term pleasure to long-term repetitive labor. Most people in the ruled class would have felt personally happy when they are free from manual labor and share social fellowships with themselves, their families, and community members. In their life at that time, they would have placed a jar of happiness in the middle of their mind waiting for the upcoming festival. I guess that good thought about tomorrow might have increased the size of happiness.

From time unknown, people have come to cherish as wisdom that the days repeat, the months repeat, the years repeat, and the circle of life (birth, aging, sickness and death) rolls on. Also, deaths from frequent war and disease might have made people unhappy as they caused the disintegration of social relation-ships made by individuals. The repetition of life and death would have made a sense of futility and fear of death, and the dissolution of social fellowships formed by individuals would have made a new type of unhappiness. People at that time must have personally made a special effort to escape the mis-fortunes of the present and the future. There must have been efforts to endure yesterday and today for future happiness. They must have had the hope and belief that they could over-come yesterday's misfortune with today's efforts and be happy tomorrow. This hope and belief in happiness would continue to the present day we live in.

I think we have lived in a material-centered society for the past several hundred years and have measured our own happi-ness by comparing to what others own. This is probably because we are immersed in a culture that determines the size of our happiness by comparing the size of our wealth, fame, and power with that of others. What is happiness? A coin hanging in the thread of my gaze. A coin with 'material' written on one side and 'value' written on the other side might be an image of happiness in my life. My happiness hanging in a thread of my gaze.

The length of the thread of my gaze is the size of the wisdom in looking at my life. Wisdom can be increased by repeating enlightenment and learning as we live. Wisdom can be learned from nature, books, or from people we meet. A willingness to learn will be the guide to wisdom. When the thread of my gaze for life becomes longer and stronger by wisdom, I do believe and hope that the happiness hanged on it would not sway easily by the wind of life.

Happiness moves and rolls around on everyone's life stage. I try to hang a happiness on the thread of my own gaze of life. It can be said that the ingredients of happiness are probably made up of some 'material' and some 'value'. Happiness is like two sides of a coin where 'material' and 'value' are engraved, and it's interchangeable with each other and appears in front of my life.

In retrospect, I used to feel happy at times from more material and at other times from greater value. There were also times when I became obsessed with material things and tried to turn away value. The effort to put my happiness on the thread of the gaze of my life is still in progress. Perhaps the most unhappy people are those who try to put their happiness on the thread of others' gaze of life.

The thread of my gaze of life that follows me my whole life and is made up of two things: a weft and a warp. The weft is made of time, and the warp is made of work. It would be nice if we distinguish the things we need to do and the things we want to do in life. The more we live, the fewer things we have to do, and I wish we could do more of the things we want to do. Perhaps happiness would like to be hanged more on this kind of thread of gaze of our life.

자기 극복의 역사

짜라투스트라는 이렇게 말했다. 그대들은 인간(현재의 자신)을 뛰어 넘기 위하여 무얼 했는가? 인간을 뛰어넘기보다는 오히려 동물(과거의 자신)로 되돌아가기를 원하는가? 그대들은 일찍이 원숭이였으며, 지금도 인간은 어떤 원숭이보다 한층 더 원숭이인 것이다. (지금 인간은 정신적으로 과거의 자신에 묻혀서 발전하지 못한 채 현재를 살아가고 있다.)

19세기 유럽 사회는 방향성 없는 변화와 격동의 시대였다. 정착되던 공화 정치체제는 나폴레옹 전쟁 이후 다시금 절대군주제인 구체제로 회귀하려 했다. 선진국을 중심으로 진행된 산업혁명의 결과로 시민자본가들이 등장하여 경제 실권을 가지게 되었다. 산업혁명의 결과로 양산된 가난한 노동자 계급은 시민자본가 계급과 함께 양대 사회 구성원이 되었다. 재등장한 군주체제는 공업화 세력인 시민자본가들과 협력하여 군국(제국)주의의 기틀을 만들었다. 사회체제 변화과정에서 나타난 자본주의와 공산주의가 서로 대립하는 양상이 빠르게 진행되었다.

자본주의는 시민자본가들에 의해 옹호되었고 공산주의는 노동자들에 의해 옹호되었다. 자본주의는 자유경쟁, 약육강식, 생물(사회) 진화를 긍정(신봉)하였고 철학적 실증주의를 탄생시켰다. 공산주의는 자본의 지배(착취)를 반대하고 이런 체제를 부정하여 철학적 마르크스주의를 탄생시켰다. 이러한 변혁의 사회 혼란에 회의를 품은 지식인들은 그들의 철학적 피안인 허무주의를 탄생시켰다. 이러한 사회 혼란의 한가운데 철학자 니체가 서 있었던 것이다.

철학자 니체는 있는 그대로의 자신과 현실을 받아들이고 긍정하며 또 이를 극복할 것을 주장하였다. 현실 인식을 위해 실증주의를 인용했으나 과거 회귀, 현실 안주, 의지 상실의 실증주의 속물은 거부하였다. 철학자 니체는 인간 스스로가 현실을 깊이 인식하여 자신의 삶을 새롭게 창조하고 이를 즐길 것을 주장하였다. 자본주의 지배에 의한 인간성 상실과 군중심리를 이용한 공산주의자들의 욕망 추구를 단호히 배격하였다.

철학자 니체는 현실의 한계를 인식하고 이를 능동적으로 극복하고 넘어서려는 자기 극복을 주장하였다. 현실적 삶의 무게를 이기지 못하고 현실을 회피하고 단념하려는 허무주의적 삶 추구를 반대하고 주어진 현실 속에서 스스로가 이해하고 선택한 것을 적극적으로 실천하려는 자기 극복을 주장하였다. 자신의 과거를 깊이 성찰하여 현재의 상태를 긍정적으로 규정하고 현재를 넘어서 미래의 자신을 조망하고 설정한 다음 이를 위해 자기 극복을 쉼 없이 실천할 것을 주창하였다. 자기 극복의 역사적 정의는 이렇게 시작되었다. 이렇게 시작하였다.

오늘 아침 일찍 출근하는 아내를 위해 잠결을 이기고 일어나 야채 주스와 오트밀 선식을 만들어 주었다.

출근 배웅을 한 후에 집안의 창들을 열어 환기하고 잔디에 물을 주었다. 다시금 커피 한 잔을 만들어 좁은 서재에 앉아 노트북을 열었다. 21세기 오늘을 사는 나는 지금 이 시각에도 자기 극복의 뜻을 이해하려고 노력 중이다.

내가 나에게 묻는다. 내가 이해한 자기 극복이란 것이 현재 나의 생활에 어떤 모습으로 보이는지를. 그 질문에 자신 있게 대답할 수 있다면 얼마나 좋을까 싶다. 부끄러움이 많을 따름이다. 다만 한가지 바람이 있다면 내 과거, 현재, 미래를 자기 극복의 실로 연결하고 싶은 마음이다. 나를 위한 자기 극복, 너를 위한 자기 극복, 우리를 위한 자기 극복의 노력이 모이고 모이기를 바라본다.

3백만 년 전 살던 나무에서 내려와 대지를 밟고 선 인류의 첫 조상으로부터 지금까지 중단없이 이어오고 있는 '자기 극복' 역사를 마음 한구석에 잠시 새겨 본다. 시간이 더 흐른 후 언제가 될지 몰라도 나의 자기 극복이라는 모래알 하나를 만들 수 있기를 바란다. 허락될 수 있다면 나의 자기 극복 모래알 하나를 인류의 자기 극복 역사 항아리에 담고 싶다. 인류의 자기 극복 역사 항아리는 어디에 있을까. 아마도 내 자식, 내 자식의 자식 그들의 마음속에 있을 것 같다.

The history of self-overcoming

Thus spoke Zarathustra. What have you done to surpass humans (your present self)? Rather than surpassing humans, do you want to return to animals (your past self)? You were monkeys before, and even now humans are more monkeys than any monkey. (Now humans are mentally buried in their past and are living in the present without developing.)

European society in the 19th century was an era of undirected change and turmoil. The republican political system, which had been settled, tried to return to the old system, which was an absolute monarchy again after the Napoleonic Wars. As a result of the industrial revolution led by developed countries, citizen capitalists emerged and gained real power in the economy. The poor working class, which was produced as a result of the Industrial Revolution, became members of the two major societies alongside the civil capitalist class. The re-emergence of the monarchy system laid the foundation for militarism(imperialism) in cooperation with the civil capitalists, the forces of industrialization. Capitalism and Communism that emerged in the process of changing the social system opposed each other rapidly.

Capitalism was advocated by civil capitalists and Communism was advocated by workers. Capitalism affirmed (believed) free competition, the law of the jungle, and biological (social) evolution, and gave birth to philosophical Positivism. Communism opposed the domination (exploitation) of capital and denied this system, resulting in philosophical Marxism. The intellectuals who were skeptical of the social chaos of this transformation created their philosophical nest, Nihilism. Nietzsche, the philosopher, stood in the midst of this social confusion.

The philosopher Nietzsche advocated accepting, affirming, and overcoming ourselves and reality as we are. Positivism was cited for recognition of reality, but rejected the positivist snob of past regression, complacency, and loss of will. Nietzsche, the philosopher, advocates to encourage humans to deeply recognize reality, create a new life for themselves, and enjoy it. The loss of humanity caused by capitalist rule and the pursuit of communists' desires using crowd psychology were firmly rejected by him.

The philosopher Nietzsche recognized the limitations of reality and advocated self-overcoming to actively overcome and go beyond them. He opposes the pursuit of a nihilistic life to avoid and give up on reality without overcoming the weight of real life and advocated self-overcoming to actively practice what one for oneself understood and chose in the given reality. After deeply reflecting on one's past, positively defining the present state, and viewing and setting oneself in the future beyond the present, he advocated for continuous practice of self-overcoming for this purpose. The historical definition of self-overcoming began like this. It started like this.

I beat sleep and woke up early and made vegetable juice and oatmeal for my wife who was going to work early this morning. After seeing her head off to work, I opened the windows of the house to ventilate and watered the lawn. I made a cup of coffee again, sat at my desk and opened the laptop. Living in the 21st century today, I am trying to understand the meaning of self-overcoming even now.

I ask myself, "How can the 'self-overcoming' that I understand so far be shown in my current life?" It would be great if I could answer that question with confidence. But I only have shame with no answer. However, if there is one wish, I want to connect my past, present, and future with the thread of self-overcoming. I hope that the efforts of self-overcoming for me, self-overcoming for you, and self-overcoming for us will gradually come together.

I take a moment to inscribe in the corner of our mind the history of 'self-overcoming' that has continued without interruption from the first ancestors of mankind who came down from a tree that they lived on 3 million years ago and stepped on the ground. I hope that I will be able to make a grain of sand called self-overcoming even if I don't know when that time will come. If allowed, I would like to put one grain of sand for self-overcoming into mankind's self-overcoming history jar. Where can I find the self-overcoming history jar of mankind? Perhaps it may be in the minds of my child and/or my child's child.

삶에의 극복(초극)

짜라투스트라는 이렇게 말했다. 인간들은 천 개의 다리와 통로를 지나서 미래를 향해 나아가야 한다고. 인간들은 서로들 온갖 종류의 이상과 사상들의 창조자가 되어 서로 간 치열한 경쟁을 해야 한다고. 선악·빈부·귀천 등 삶 속 지표를 통해 스스로가 끊임없이 극복되어야 함을 일깨워 주는 것이라고. 삶에는 계단이 필요하고 더 나은 삶으로 올라가야 하며 삶은 올라가면서 자신을 극복하는 것이라고.

나에겐 어릴 적 초등학교를 같이 다닌 친구 한 사람이 있다. 수재라는 소리를 듣던 그는 고등학교 때 정신 불안정으로 한 해를 휴학하였다. 대학교 법학과를 4년 장학생으로 입학하였고 졸업 무렵에는 유력집안의 딸과 결혼하였다. 사법고시를 몇 번 낙방하는 동안 원치 않는 이혼을 하였고 사법고시를 포기하면서 공무원이 되었다. 공무원으로서 새로운 삶을 살던 그는 어느 날 밤 잠든 사이 집에 불이 나 온몸에 중화상을 입었다. 수년간에 걸쳐 일곱 번이 넘는 수술을 받으면서도 공직에서는 인정을 받았다. 수술 회복 중에 직속 상관의 가까운 친척을 소개받아서 결혼하였다. 그는 공직에서 일하는 가운데 못 다 이룬 학업을 이어 나가 정치학 박사까지 되었다. 그 친구는 올해 말을 끝으로 공무원을 정년퇴직할 예정이다.

　우리는 살면서 삶이란 것이 한가지가 아니라 다양하고 복잡한 것임을 듣고 배우며 또한 경험한다. 사는 동안 수많은 장애물을 만나야 하는 현실이지만 이를 극복하면서 내일의 희망을 간직해야 한다. 사는 동안 우리가 간직한 사상을 자주 살펴봄과 동시에 새로운 사상을 찾아 수용도 하여야 한다. 새로운 사상은 삶의 철학을 새롭게 하고 새로운 행동과 습관을 지니고서 미래를 살게 할 것이다. 그래서 미래는 우리에게 어느 날 찾아오는 손님이 아니라 우리가 애써 찾아가는 것이라고.

　나는 사상가나 철학자가 아니다. 그저 삶 속의 마음, 태도, 양식, 언행, 판단 등이 가능하면 일치하는 하루하루를 보내고 싶은 사람이다. 돌아보면 청년기, 중년기, 장년기, 그리고 지금 맞이하는 노년기의 나는 서로 달랐던 사람인 것 같다. 예나 지금이나 일관되게 지켜온 신념이란 거의 없다는 게 솔직한 고백이다. 굳이 지켜온 무언가를 말하면 '도전, 책임, 가치가 있는 삶에 대한 어떤 희망' 같은 것을 말할 수 있다. 대학 시절 읽었던 얼마간의 책들로부터 배우고 마음에 새긴 것인데 그 후로 내 인생의 모토가 되었다. 이 세 가지는 삶 속에서 서로 앞서거니 뒤서거니 하며 많은 우여곡절 인생 산들을 넘어온 느낌이 든다.

　현재 지구상 사는 약 76억 명의 사람들이 각자의 사상을 간직하고 서로 선의의 경쟁을 할 수 있다. 삶에 대한 철학들이 서로 경쟁하며 새로운 사상의 탄생을 고양하는 미래가 진정한 미래일 것이다. 한 인간의 경우 사는 환경이 변하고 지식·지혜가 변하면서 스스로 맞는 삶의 모습도 함께 변할 수 있다. 인생 흐름 속 과거의 철학은 오늘의 철학과 논쟁을 하며 또한 내일의 철학과도 쉼 없이 논쟁할 것이다. 그에 따라 과거 사상은 현재의 사상으로, 또 현재의 사상은 내일의 사상으로 변하고 변해갈 것이다.

나는 대학과 대학원에서 공학을 공부하였다. 공학 연구자로서 오랫동안 일하면서 적잖은 자긍심도 가졌다. 전공과 관련한 도전적인 과제들을 책임 있게 수행하면서 스스로 많은 가치를 부여하기도 했다. 그러나 40대 후반을 지나면서 늘 뒤에서 머물러 있던 가족에 대한 가치가 크게 변하여 다가왔다. 지금껏 나 자신에는 충실하면서도 아내와 자녀들에게 못다 했던 관심과 배려가 새삼 크게 느껴졌다.

몇 년의 간격을 두고 큰딸과 작은딸이 한국교육환경에 적응을 못하고 자포자기하는 상황에 이르렀다. 그때 처음으로 내 삶의 중심이 어쩌면 내가 아니라 가족이며 자녀일 수도 있음을 알게 되었다. 최종적으로 나는 50대 초반에 다니던 대학교수직을 그만두었고 가족 모두 미국행에 몸을 실었다. 나는 지금 자동차 부품 용품을 전문으로 판매하는 매장의 매니저 일을 하며 생계를 유지하고 있다. 일하는 시간 외에는 산책을 하고 음악을 들으며 책을 읽기도 하고 글을 쓰기도 한다. 돌아다 보면 젊은 시절 시간에 쫓기고 일에 묻혀 살면서 한없이 꿈꾸었던 생활을 하는 것 같다.

삶에 대한 성찰은 삶이 주는 부조화·부조리를 스스로 극복하는 힘을 주며 새로운 사상을 탄생시킨다. 삶에 대한 철학의 변화는 행동의 변화를 낳고 행동의 변화는 우리의 삶 자체를 변화시킬 수 있다. 그래서 우리는 변하는 삶 속에서 사는 것이 아니라 노력하여 삶을 변화시키는 것이라 말할 수 있다.

삶에 대한 성찰은 자신과 다른 사람들의 삶을 비교 평가하는 것이 아닐 것이다. 삶에 대한 성찰은 자신의 내면에 간직한 삶의 목적·가치 있음을 찾아내는 것이다. 삶에 대한 성찰은 무거운 철학적 고뇌를 하는 것이 아니라 나의 일상을 조금씩 살펴보는 것이다.

내가 보내는 하루 중에 의미가 없이 그냥 흘려보내는 시간이 있다면 이를 줄여 갈 수 있는가? 내가 보내는 하루 중에 자신을 위해 누군가를 위해 도전할 만한 일들이 쌓여감을 느낄 수 있는가? 내가 보내는 하루 중에 나의 다음 세대에게 전해 주고 싶은 스토리 있는 일들을 만들고 있는가? 이런 것들에 대한 생각과 마음이 이어지면 우리의 일상이 살펴지고 또 성찰되는 것이라 믿는다.

삶에 대한 철학이란 자신의 행위와 그 행위의 가치를 결정하는 정신적 기준들의 총합을 의미한다. 선과 악에 대한 기준을 정하면 자신의 선은 사회적 선에 부합하려는 행위를 스스로 일깨워 준다. 빈부의 의미를 이해하면 물질적, 정신적 빈곤에서 벗어나기 위한 자신의 행동 변화를 일으킨다. 비록 비천한 환경에 있어도 자신을 귀하게 여기고 약함을 극복하며 강함을 얻으려 노력하게 된다. 우리 스스로 삶에 대한 철학을 비판하고 새롭게 함으로써 현재 삶의 도전을 극복하려는 힘을 가진다.

현재 삶의 도전을 극복하려는 힘을 통해 자신의 행동이 변하면 결국 삶 자체도 변화할 것이다. 과거 삶을 비판하고 이를 극복하려는 오늘의 행동은 작지만 변화된 삶의 한 계단을 오르는 것이다. 오늘의 행동 변화는 내일의 삶이 변화할 것에 대한 당당한 징표가 될 것이다. 오늘의 행동 변화는 더 나은 내일의 삶으로 올라가는 것이며 과거의 자신을 극복(초극)하게 될 것이다.

Overcoming the life

Thus spoke Zarathustra. Humans must go through a thousand bridges and passages towards the future. Humans must compete fiercely with each other as creators of all sorts of ideals and ideas. It is a reminder that one must be constantly mastered through indicators in life such as good and evil, rich and poor, and precious and lowly. Life needs stairs, we must go up to a better life, and we will overcome ourselves as life goes up.

I have a friend who went to elementary school with me as a child. He was known to be gifted but took a year off from school due to mental instability in high school. He entered college for law as a four-year scholarship student, and by the time of graduation, he married the daughter of a prominent family. While failing the bar exam several times, he was forced to divorce. Then, he eventually gave up the bar exam and became a civil servant. One night while he was sleeping, his house caught on fire, and he suffered from severe burns. He underwent more than seven surgeries over the years. Yet, he was still recognized at this workplace. During the time of recovery, he was introduced to a relative of his supervisor at work and got married. While working in the public office, he continued to study and became a PhD in political science. This will be his last year as a civil servant and he will retire.

Through our lives, we learn that life is not one simple thing, but it is complex and diverse. It is true that we face numerous obstacles in our lives, but we must overcome them and have hope for tomorrow. As we live, we must reflect on what we know and believe in, but also explore and accept new ideas. New ideas will renew the philosophy of our lives and we can live in the future with new behaviors and habits. So, the future is not a visitor that comes to us one day, but something we should try to find.

I am not a thinker nor a philosopher. I'm just a person who wants to spend every day with consistency in heart, attitude, style, speech, action, judgment, etc. Looking back, I seem to be a different person in my youth, middle age, adulthood, and the old age I am facing now. Honestly confessing, I've maintained very few beliefs throughout my life. If there is one thing that I kept, it would be 'a hope for a life that is Challenging, Responsible, and Worthwhile'. I learned this through a few books that I read in college, and it remained in my heart and eventually became my motto for life. Those three things raced each other and carried my life that has had many twists and turns.

There are currently about 7.6 billion people living on this planet who have their own beliefs and have well-intended competitions. A true future will rise when different philosophies of life come together and create new ideas. For one man, the life he faces may change as his living environment, knowledge, and wisdom change. In the flow of life, past philosophy competes with present ones, and they will continuously fight with future philosophies to come. And according to that, the past ideas change into present ones, and eventually become future ideas.

I studied engineering in college and in graduate school. Working as an engineering researcher for a long time, I did have pride in what I do. I valued myself a lot when I was completing challenging tasks related to my major with great responsibility. However, as I entered my late 40s, the value of my family who stayed behind my priorities started to change and hit me hard. I realized greatly the lack of attention and consideration to my family all these years as I focused on myself.

In a span of several years, my two daughters were close to giving up as they struggled to adjust in the Korean education system. At that time, for the first time, I realized that the center of my life may not be me, but my family and my children. Eventually, I quit my university faculty career in my early 50s, and my whole family moved to the United States. I am now making a living by working as a manager of a store specializing in auto parts. Outside of working hours, I take walks, listen to music, read books, and write. Looking back, this is the life I dreamt of when I was young and when I was constantly short on time.

Introspection on life helps develop the resilience for one's discordance and irrationality, and creates new ideas. Changing our life philosophy can lead to behavioral change, and behavioral change can lead to the changing of our life itself. So, we can say that we do not live in a changing life, but we change our lives by making an effort.

Introspection on life is not about comparing our lives to others. Introspection on life is about finding our own purpose and value of life. Introspection on life is not about thinking too deeply about philosophy, but is about looking into the small details in life.

If I had meaningless time in my day, could I reduce that? Would I be able to feel the challenges for myself and others throughout my day? Am I creating stories that I want to tell my next generation? Through these questions and thoughts coming together, I believe that we can truly examine and reflect on our daily lives.

Life philosophy means the sum of one's actions and mental standards that determine the value of those actions. When a person sets the standards for good and evil, his good reminds himself of the act of trying to conform to the social good. Understanding the meaning of the rich and the poor can cause a change in one's own behavior to escape from material and mental poverty. Even in a lowly environment, he values himself, overcomes weaknesses, and endeavors to gain strength. We can have the power to overcome the challenges of our present life by criticizing and renewing our own philosophy of life.

If our behavior changes through the power to overcome the challenges of our current life, eventually our life itself will change as well. Today's actions to criticize and overcome yesterday's lives are small, but it is a step towards changing your life. Today's behavior change will be a confident sign that tomorrow will change. Today's behavior change will lead to a better tomorrow and we will overcome our past selves.

문득

가을 밤하늘

오늘은 저녁 일을 마치고 집에 와서 약간은 조용한 밤을 맞으며 밤하늘을 보았다. 살갗을 스치는 선선한 바람은 어느새 다가온 가을을 느끼게 해준다. 맑은 공기 탓인지 아니면 주변 불빛들이 없어서 그런지 깨알 같은 별들이 하늘에 떠 있다. 낮 동안 창밖으로 내려 두었던 차양을 걷고 나서 한동안 밤하늘을 바라보았다. 크고 작게 보이는 수많은 별들 사이로 예전에 보아 눈에 익숙한 북두칠성, 오리온 등 별자리들이 보인다. 젊은 시절 밤하늘을 보면서 떠 있는 별들을 바라보았던 시간이 얼마나 있었을까. 그렇게 무덤덤하고 세월에 도망치듯 살아온 시간이 이리 흐른 다음에야 오늘 밤하늘을 바라본다.

가난하였지만 그것이 그리 가난했던 것인지 알지 못했던 어린 시절이 있었다. 학교 소풍 가는 날이 되어서야 김밥에 달걀부침, 소시지를 먹을 수 있었지만 그리 고달프지는 않았다. 용돈 제대로 가진 적 없어도 흥으로 노래 부르고 그림 그리며 글 쓰는 일에 느꼈던 재미는 아직 남아 있다. 대학 졸업하고 다닌 첫 직장에서 첫 봉급을 받아서 부모님께 모두 드렸던 기억은 추억 속에 새겨 있다. 결혼하고 맞벌이 주말부부로 지내며 모은 돈을 장모님 새집 구하는 데 보탠 기억은 작지만 큰 추억이다.

　오늘 밤하늘에 새겨진 많은 별을 보면서 살아온 내 인생의 별 같은
시간을 찾아본다. 동쪽 하늘 저쪽에서 보이는 어린 시절 가난의 별.
시선을 남쪽으로 조금 옮기면서 보이는 기타 악기 별, 그림 스케치
별, 그리고 종이와 펜처럼 생긴 별들. 남쪽 가운데서는 특별히 밝고
크게 보이는 별이 있는데 아마도 유학 가서 학위를 받았던 때의 내
모습. 서쪽 하늘로 눈을 돌리면서 희미하게 보이는 두 개의 별은 나
의 두 딸이 겪었던 사춘기 별인가 보다. 지금은 장성하여 크고 밝은
별이 되었으나 그때는 작고 초라하여 볼품없었던 그저 작디작은 두
개의 별. 나의 아내는 유난하지도 별스럽지도 않게 밤하늘을 거니는
동무 같은 둥근 달이 되어 오늘 밤에도 떠 있다.

　살면서 밤하늘의 별들을 얼마나 세어 보았을까. 어릴 적엔 숫자를
몰라 세다 말았고, 어른이 되어서는 세어볼 시간과 마음이 없어 세지
못했을까. 백발을 앞에 두고서는 밤하늘 쳐다볼 용기가 없어서 세지
못하고 있는 것은 아닐까. 오늘 밤하늘에는 유난히 별들이 많다. 하
늘 어딘가에서는 이미 사라진 별이지만 그 별에서 나온 별빛이 추억
처럼 지금 내 눈에 들어온다. 하늘 어딘가에서는 큰 별에서 오는 별
빛이지만 샛강 조약돌 이끼보다 작은 모습으로 내 눈에 들어온다.

　우리네 인생도 누군가에는 크디크게 보이고 누군가에게는 작디작
게 보일지 모른다. 노년을 앞두면서 누군가의 인생이 작다고 작은 게

아니고 크다고 큰 게 아닐 거라 말함이 맞을지 모른다. 작은 인생에서도 행복이 큰 별빛처럼 반짝일 수 있고, 큰 인생에서도 공허함이 바다 밀물처럼 다가온다.

어느 가을 밤하늘을 보며 신이 내게 주는 여전한 삶의 시간 선물을 챙기고 간직하려 마음의 문을 열어 본다. 여느 별들과 달을 품은 밤하늘 같은 인생을 꿈꾼다면 얼마나 좋을까 싶다. 어려운 시절의 별들을 건너서 작은 행복으로 쌓인 별들을 만나고, 찾기조차 힘든 작고도 외로운 별 바로 옆에 있는 엄마 같은 달을 볼 수 있으며, 찬란한 별빛들 속에서 주목받지 못해도 말 없는 인생 길잡이인 북극성이 있는 밤하늘 인생이 되고 싶다.

어느 시인처럼 나도 오늘 별을 헤는 밤하늘에 있다. 나무숲 사이 밤바람 소리는 나뭇잎 그림자를 친구 삼아 이리저리 거닐다 내 귀에 다가와 안기듯 인사한다. 밤바람 소리는 어느새 날아오르며 나무들과 작별하고 밤하늘 별들 사이로 샛강처럼 흘러간다. 어릴 적 꿈도, 젊은 시절 인생 목표도, 희망 담은 인생항해도 밤하늘 별들 사이로 샛강처럼 흘러간다. 누군가의 따뜻한 마음속에 남는 작은 우표 같은 흔적 남기고 밤하늘 별들 사이로 샛강처럼 흘러간다.

어느 시인은 오늘도 이렇게 시를 쓰고 있다.
"계절이 지나가는 하늘에는 가을로 가득 차 있습니다…. 그러나 겨울이 지나고 나의 별에도 봄이 오면… 자랑처럼 풀이 무성할 게외다."

Autumn night sky

After my evening shift at work today, I came home to enjoy a moment of the quiet night sky. The cool breeze reminds me of the coming autumn. It could be from the clean atmosphere or the lack of city lights around, but tonight I can see the stars spread across the sky like tiny little sesame seeds. After folding up the sunshade that had been pulled down at the window all day, I took a long look at the night sky. Amidst the numerous stars of various sizes, I can recognize my old favorites, the Big Dipper and Orion's Belt. How many times did I look up at the night sky to enjoy the stars when I was young? Only after a full life chased by time and filled with routines, I am now finally enjoying a quiet starry night.

As a child, I lived in poverty not knowing that I was poor. Only on school picnic days, was I able to eat kimbap, egg, and sausage, but that wasn't so sad at the time. Allowance wasn't a thing, but I still remember enjoying life, just singing, drawing, and writing. I remember the day I received my first salary at my first job after college and giving it all to my parents. There was a time when my wife and I first got married, both worked in different cities, only seeing each other on the weekends, and saved up money to buy a house for my mother-in-law. It may have been just a small moment in time, but nevertheless an earnest memory.

Looking at the starry night sky, I try looking for the starry moments in my life. I see a star that looks like a child in poverty in the eastern sky. As I gaze south, I see a guitar, sketch book, paper, and pen in the constellations. Right in the middle of the south side of the sky, there is a star that looks particularly bright and big like the moment I studied abroad and received my PhD. In the west, the two faintly visible stars seem to reflect my two daughters' tumultuous teenage years. Now my two daughters have grown up to become big and bright stars, but they once started out as tiny adolescent stars. Like an old friend, my wife is the moon that protects the night sky.

How many times have I counted the stars in the night sky? When I was young, I didn't know how to count. When I became an adult, I didn't have the time and didn't want to stare at the sky. With grayed hair, I may be running out of courage to look at the night sky and count the stars. There are exceptionally many stars in the sky tonight. Somewhere in the sky, there are stars that have already disappeared, but the remaining starlight, like memories, are now visible. Somewhere in the sky, the starlight is created from a big star, but as it enters my eyes, the form becomes smaller than the cobblestone moss of the small creek.

Our lives may also seem big or small to someone else. Who's to say one's life is small or big. Even in a small life, happiness can sparkle like a big starlight, and even in a big life, emptiness can be like the tide of the sea.

While looking at the autumn night sky, I open my heart to accept and cherish the gift of time from God. To dream of a life like the night sky, embracing the stars and the moon, now that would be the life. Beyond the stars of difficult times, I can arrive at a new star made up of small moments of happiness. Next to the tiny, barely visible, and lonely star, I can see the motherly moon. Amidst the bright stars, the guiding north star may not be the center of attention but quietly and steadfastly lights up the night. This is the kind of night sky that I want my life to be.

I stand under a night filled with countless stars like a poet. The sound of the night breeze floats around in the woods with the shadow of the leaves like old friends, then stops by my ears to greet me with a gentle hug. The night breeze rises, says goodbye to the trees, and flows like a small stream through the stars into the night sky. My childhood dreams, my life goals when I was young, and my life's journey filled with hope, all flow like a small stream through the stars into the night sky. While leaving a small trace in someone's heart and reverie, everything flows like a small stream through the stars into the night sky.

A poet writes a poem today.

"The sky of changing seasons is now filled with Autumn···. However, when winter passes and spring comes to my star··· the grass will grow tall and proud."

달팽이와 철학책

오늘 아침나절에는 산책을 세 번이나 하였다. 새벽에 안개비가 오 듯 말 듯 하면서부터 산책할까 말까 저울질을 하였다. 아내의 출근을 배웅하면서 산책하기로 마음을 먹고 커피 한 잔을 준비했다. 집을 떠 나는 아내 자동차의 뒷모습을 보면서 동네 산책길 입구로 향했다.

갑자기 빗방울이 후드득 떨어지더니 이내 나뭇잎들이 소리 내며 흔 들린다. 운동복에 달린 모자를 쓰면서 곧바로 발길을 돌려 집으로 향했다. 산책을 포기하고 집에 와서는 창문을 열고 깨끗한 바깥 공기 를 집안으로 들어 오게 했다. 몇 분이 지났을까 내리던 비는 그치고 신선한 공기는 마을 숲을 돌아 집으로 오는 것 같았다. 아침 식사를 간단히 마치면서 차 한 잔을 만들어서는 책상에 앉았다.

요사이 어느 철학자가 쓴 책들을 보고 있다. 우리네 인생에서 스스 로 운명을 만들어 이를 사랑하며 지킬 것을 설파한 어느 철학자의 책 이다. 책을 보는 동안에 간간이 열린 창문 밖의 하늘과 나무숲을 보 았다. 창문 밖 모든 것이 맑아지면서 나에게 다시금 산책을 나오라 유혹하는 것 같았다. 보던 책을 잠시 미루고 두 번째 산책을 나섰다.

동네 산책로를 천천히 지나며 주변을 살피는 재미는 매일매일 새롭다. 풀에는 이슬이 초롱이 남아 있고 산책로에는 유난히 많은 달팽이가 지나간다. 산책로를 한 바퀴 돌아 다시 그 자리에 왔는데도 달팽이들은 여전히 그 자리를 지키고 있다. 자세히 살펴보니 촉수와 몸통이 열심히 움직이고는 있지만 짊어진 집채는 여전히 그 자리. 달팽이 구경에 발길을 멈춘 사이 하늘에는 어느새 구름이 몰려오고 빗방울이 다시금 떨어진다.

산책을 중단하고 발길을 돌려야 했고 이번에는 집까지 뛰어서 와야 했다. 따뜻한 차 한 잔을 다시 만들어 책상에 앉았다. 읽던 책을 다시 보았다. 책은 나에게 인간 스스로가 중요하다고 말하고 있지만, 산책로의 달팽이는 그런 책들에는 관심이 없다. 책은 인간이 존재하지 않는 상상 속으로 자신과 현실을 왜곡함으로써 자신을 상실시킨다고 말한다. 책은 19세기 근대 유럽에 번진 인간성의 상실, 사회제도의 억압, 종교의 타락 등의 당시 현실을 비판하고 있다. 하지만 자연 속 달팽이는 그때도 지금처럼 무심하고 지루해 보이는 어느 산책길을 횡단하였으리라.

얼마나 시간이 지났을까 비는 또다시 그치고 신선한 바람이 멀리 산책로에서부터 다시금 불어온다. 세 번째 산책을 나섰다. 예전과 달리 이번에는 종종걸음으로 산책을 했다. 산책로를 힘겹게 횡단하던 그 달팽이를 다시 보고 싶었다. 그 달팽이는 여전히 그 자리에 있었다. 언제나인 것처럼 그 자리에. 달팽이 스스로는 진지하고 삶에 충실한 자세로 이런 험한 횡단 여행을 집채와 함께하고 있었을 게다.

나는 달팽이가 보기에 굉장한 기적 하나를 그의 생애 앞에 선물해 주고 싶은 마음이 들었다. 달팽이가 움직이는 방향을 잠시 살핀 다음 그 방향으로 있는 가까운 풀 잔디를 찾았다. 그런 다음 달팽이를 살짝 건드려 그가 집으로 들어가자 달팽이 집이 공처럼 움직였다. 나는 그 달팽이를 손으로 들어 풀 잔디에 옮겨 주었다. 달팽이의 기나긴 여행을 한순간 이루어 주었다. 나의 세 번째 산책은 달팽이와 함께했다. 하늘은 다시금 구름을 만나 흐려지더니 이내 비가 또 내린다.

산책을 마치고 책상에 앉아 읽던 책을 마주했다. 문득 내 인생에 달팽이 같은 시절이 있었나 살펴본다. 몸부림쳤지만 오도 가지도 못하던 시절이 있었나 싶다. 아마 많은 사람에게도 그런 시절이 있었을 게다. 또한, 달팽이의 순간 이동 같은 은혜와 축복을 바랐을 것이다. 하지만 책은 말하는 것 같다. 순간 이동은 달팽이의 삶과 운명이 아니라고. 달팽이 자신의 횡단 여행이 진짜 그의 삶이요 운명이라고. 그러고 보니 비행기로 한 지구 반 바퀴의 여행보다 걸어서 한 고향 팔공산 갓바위 산행에 더 많은 땀이 흘렀나 보다.

책은 말한다. 달팽이처럼 살라고. 달팽이는 말하는 것 같다. 책처럼 산다고.

The snails and a philosophy book

This morning, I went for a walk three times. It seemed like it was about to rain, a misty dawn, so I was hesitant to go out for a walk. As I sent off my wife to work, I decided to take a walk and prepared a cup of coffee. While my wife's car left the neighborhood, I headed to the entrance of the neighborhood trail.

Suddenly, the raindrops fell and then the leaves swayed with sounds. I pulled up the hood on my jacket and headed back home. After I gave up on the walk, I came home and opened the window to let the clean air into the house. After a few minutes, the rain stopped, and the fresh air seemed to come straight into the house from the nearby forest. I had a quick breakfast, made a cup of tea, and sat at my desk.

These days, I've been into some philosophy books. These books are by a philosopher who preached making, loving, and protecting our own fate. While reading, I can see the sky and the trees right outside the open window. The cleared weather outside tempted me to go for a walk again. I stopped reading and went for a second walk.

Exploring the neighborhood trail is fun and different every day. Crystal clear dew remains on the grass, and an unusual number of snails pass by on the trails. After I came to the same spot on the trail after one full lap around the trail, the snails were still there. As I took a closer look, the snails' tentacles and torsos were moving with much effort, but the house on its back was still at the same spot. While I stopped to look at the snails, the clouds suddenly covered the sky and raindrops started to fall again.

I had to stop my walk and turn around. This time, I had to run home. I made another cup of hot tea and sat at my desk. I began to read the same philosophy book again. The book tells me that humans are important, but the snails on the trail are not interested in such books. The book says that humans can lose themselves in distorted reality and imagination. The book criticizes the reality of its time, such as the loss of humanity, the suppression of social institutions, and the fall of religion in modern Europe (19th century). However, the snails at that time probably have continued to cross a seemingly boring trail as well in the same way as they did now.

I'm not sure how much time has passed. The rain stops once again and the fresh breeze blows in from the wooded trails. I decided to try for a third walk. Unlike the previous walks, I ventured out with a quicker pace. I wanted to find the struggling snail trying to cross the trail. The snail was still there. In the place, as if it has always been there. With dedication and seriousness, the snail was probably on a dangerous journey to move its house and life to the other side of the trail.

I wanted to gift a miracle to this snail. After looking to see which direction the snail was heading, I found some grass in that same direction. I slightly touched the snail, and when he entered his house, the snail's house started to roll around like a ball. I lifted the snail with my hand and carried it to the grass. The snail's long journey was achieved in one small moment. My third walk was with the snail. The sky welcomed the clouds again, became cloudy, and began to rain again.

After the walk, I sat at my desk and went back to the book I was reading. Suddenly, I wondered if there were days in my life when I was like the snail I met earlier today. I wondered about those moments in life when I struggled towards something but was in fact stuck. I bet we all have had those moments in life. Like the snail's teleportation miracle, how many times have I wished for such a miracle in my life. The book in front me seems to speak to me. The snail's teleportation moment is not its life and destiny. The snail's solo journey across the trail, that is life, that is destiny. Come to think of it, the hike up the Palgong mountain in my hometown resulted in more sweat than the many plane rides I've taken to travel halfway around the world.

The book seems to say, live like the snail. The snail seems to say: live like the book.

동이 틀 무렵

　나와 아내는 주로 새벽 기운이 아직 남아 있는 아침 6시쯤 일어난다. 아내는 직장 출근을 위해 6시 30분쯤에 집을 나설 때가 많다. 나도 가끔 7시에 집을 떠나 출근을 할 때가 있다. 나는 출근이 아니더라도 아내와 같은 시각에 일어난다. 아내를 배웅해 주고 나면 차 한 잔을 만들어 나무숲이 있는 동네 주변으로 산책하기를 좋아한다.

　주로 산책을 하는 동안에 동이 트고 아침이 밝아 온다. 언제부터인가 산책을 하면서 지팡이 하나를 들고 다닌다. 그 이유는 이따금 목줄이 풀린 개들을 만나기 때문이다. 평소 반려동물을 좋아하지 않는 나로서는 목줄이 풀린 개를 경계하는 게 필요하다. 하지만 더 큰 이유로는 지팡이를 사용해 걷다 보면 자세를 평소보다 더 꼿꼿이 할 수 있기 때문이다.

　동틀 무렵의 산책에는 생각과 망각, 지혜와 무지, 관심과 무관심이 수시로 교차한다. 요사이 코로나 전염병 때문에 세상 온 곳이 힘들어하지만 자연은 절대적으로 이에 무관심해 보인다. 한국에서는 국회의원 선거를 1주일 남기고 있다지만, 나는 이곳 미국에서 관심조차 두기 힘들다. 산책로 주변의 이름 모를 풀과 나무에 매일 인사를 하지만 그들은 나의 오고 감에 한마디 말이 없다. 누군가 내 힘든 오늘 삶을 관념 속 천국으로 바꾸어 주길 바라지만 스스로 이를 기다린 적이 있었나 싶다.

동틀 무렵 산책에는 나의 지난날이 있고 현재도 있으며 또한 얼마간 나의 미래도 있을지 모른다. 나는 내 삶의 시간 흐름에 남다른 의미를 부여하고, 농부의 마음으로 시간을 맞이하며 또 보내려 한다. 어려서는 시간을 몰랐고 젊어서는 시간이 온통 내 것인 줄 알았다. 이제 와 생각하면 시간은 천국이 내게 주는 선물보다는 누군가를 위해 내가 만드는 선물인 것 같다. 나의 시간으로 나는 나의 과거, 현재를 만들고 또한 얼마간의 미래를 만들어 갈 것이다. 나의 시간으로 나는 내 가족의 과거, 현재, 그리고 얼마간의 미래를 만들어 갈 것이다. 나의 시간으로 나는 내 지인들의 현재와 얼마간의 미래를 만들어 갈지도 모른다.

동틀 무렵 산책하는 동안에 나에게 왔다가 지나간 시간의 흔적을 가끔 되짚어 보는 기회가 있다. 뒤돌아 살펴보는 지난 인생길에는 누구나 이런저런 굴곡들이 있었을 게다. 흐르는 강물처럼 시간은 이 세상 모든 이의 인생 조각배를 지금껏 쉼 없이 움직여 왔다. 아마도 이 세상 모든 이가 자신의 인생 조각배가 가장 험하게 굽이쳐 왔다고 말할 것이다. 나도 그렇게 생각하고 싶다.

어두워 앞이 보이지도 않고, 같이 있던 사람들도 떠난 그래서 불 꺼지고 텅 빈 무대 같은 지난 시간. 어떻게 지나서 왔는지 헤아릴 때마다 가슴을 쓸어내리며 그저 안도의 숨을 쉬게 하는 그 시간. 그 시간이 모이고 쌓여서 인생 징검다리가 되어 오늘 이 아침이 되었나 보다. 동틀 무렵의 산책은 이렇게 어둡게 시작하여 떠오르는 밝은 해를 만나면서 끝이 난다. 이제 남은 내 인생의 시간 동안 오늘 아침의 밝고 맑은 햇살을 한결같이 받고 싶다면 욕심일까. 동틀 무렵 산책은 나의 과거를 새롭게 하고 현재를 밝게 하며, 미래를 만드는 마중물이 되는 것 같다.

동틀 무렵 산책을 하며 이 세상을 살아가는 사람들의 희노애락을 만난다. 전염병으로 직장을 잃고 실업수당을 받아야 하는 사람들이 많지만, 딸들은 회사에서 보너스를 받았다. 전염병 감염 위험이 있지만, 직장 일하며 사람들을 만나야 하는 아내와 나는 매일 걱정하며 출근한다. 얼마 전 대학 시절 친했던 한 동기의 부고 소식을 들었다. 암으로 고생을 많이 했다고 한다. 올해 초에 처가 어머님의 팔순 기념을 우리 집에서 하였다. 우리 가족이 미국에 정착한 후 처음으로 처가 식구들이 모두 모였다.

내 인생을 바라보는 나의 마음이 조금 더 진지해지면 좋겠다. 해가 뜨면 세상 사람들의 희노애락이 샘처럼 솟고 또 어디론가 말없이 흘러갈 것이다. 해가 지면 또 다음 날 해가 뜬다는 것을 아는 것이 내 인생의 지혜가 되었으면 좋겠다. 다음 날의 동틀 무렵 산책이 여전히 내 인생 앞에 기다리고 있으면 좋겠다. 아내와 함께 일어나 차 한 잔 마실 수 있는 시간이 내일도 있으면 좋겠다.

2020년 4월

At dawn

My wife and I usually wake up around 6 am in the morning when the energy of the dawn still remains. My wife often leaves the house around 6:30 am to go to work. Sometimes I also leave home at 7 am and go to work. Even if I'm not going to work, I wake up at the same time as my wife. After sending my wife off, I like to make a cup of tea and take a walk around the grove of neighborhood trees.

During most walks, the dawn ends and the sun comes up for the morning. At some point, I started to carry a cane for my walks. It's because occasionally I face unleashed dogs. Since I don't like pets, I'm always alert for unleashed dogs. But the bigger reason I use the cane is so that I can keep my posture straight.

On a walk around the dawn, thought and forgetfulness, wisdom and ignorance, interest and indifference frequently intersect in my mind. The world seems to struggle with the corona-virus these days, but nature seems absolutely indifferent to it. In Korea, the National Assembly elections are in a week, but here in the United States I have little time for paying attention to that all the way. I may greet the undefinable grass and trees during my walk every day, but they have no words for my existence as I walk by. Even though I hope for someone to change my struggles of life into paradise, I myself have not waited for it.

On a walk at dawn, I think of my past, present, and the near future. I give special meaning to the flow of time in my life, and I try to spend my time with a farmer's heart who does something every day. During childhood, I didn't know the meaning of time, and during adulthood, it seemed that time was all mine. When I think about it now, time seems to be a gift I make for someone rather than a gift from heaven to me. With my time, I created my past, I am creating the present, and I will create the future. With my time, I shaped my family's past, I am shaping their present, and I will shape the future. With my time, I might shape the present and the future of my acquaintances.

While walking at dawn, I have a chance to look back on the time that passed me by. When we look back on our past, all must have had twists and turns in their life. Like a flowing river, time has constantly moved the boat of life of everyone in the world. Perhaps everyone in this world might say that their boats of life have suffered from the toughest tides. I also want to think so.

Past time is like an empty stage with lights off: nothing can be seen, and others who were there have left. Whenever I think of how I went through those times, I breathe in relief and calm myself from the anxiety. The past times have piled to become a stepping-stone in my life, and this morning came from that. My walk at dawn starts with the dark sky and it ends with the brightly rising sun. Would it be greedy to want bright sunlight like this morning for the rest of my life? The walk around the dawn refreshes my past, brightens up the present, and seems to welcome the future to be created.

I take a walk around the dawn and meet the joys and sorrows of people living in this world. Many people lost their jobs due to the pandemic and had to receive unemployment benefits, but my two daughters received bonuses from their company. Although there is a risk of the coronavirus spread, my wife and I, who must meet people while working, go to work with anxiety every day. Not long ago, I heard that one of my classmates from college had passed away. He suffered a lot from cancer. Earlier this year, my wife and all of our relatives celebrated my mother-in-law's eightieth birthday at my house. This was the first time all the relatives from my wife's side met ever since my family moved to the United States.

I hope my heart becomes more serious as I look at my life. When the sun rises, the joys and sorrows of people will spring up and flow away silently. I hope that knowing the sun will rise again the next day, as it goes down today, could be a wisdom I have for my life. I wish to walk at dawn the next day and so on. I wish I could get up tomorrow again with my wife and have time for a cup of tea together.

April 2020

무심, 무념, 무상

더운 여름날 가운데 오늘 비가 내린다. 새벽 무렵 하늘 저쪽 어딘가에서 천둥소리가 이따금 들려왔다. 천둥소리가 점점 가까워지면서 잠결을 깨우는 빗소리가 들리기 시작하더니 아침까지 비가 내린다. 잠에서 일어나 창문을 여니 내리는 비와 빗소리에 상쾌함이 절로 생긴다.

간단한 아침 식사를 만들어 가지고는 정원에 있는 조그만 야외 식탁에 앉았다. 나는 카레 수프를 먹고 정원 잔디와 너머의 동네 숲은 내리는 비로 성찬을 즐긴다. 사람은 비를 피하려 하지만 나무와 숲은 내리는 비를 귀하고 맛난 음식으로 맞이할 게다.

굵어지는 빗소리를 들으며 커피 한 잔을 마신다. 브람스와 파가니니의 음악을 함께 듣는다. 굵은 빗소리는 첼로가 연주하는 브람스 음악 같고, 가늘고 상큼한 빗소리는 바이올린과 기타로 연주하는 파가니니 음악 같다.

코로나 전염병이 만든 어색한 고립 생활 가운데 맞이한 비 오는 오늘 아침은 오아시스나 다름없다. 한참이 지났을까 굵었던 빗줄기가 어느새 자취를 감추려 한다. 구름 저편에서는 하늘 밝아오는 기운을 느낄 수 있다. 음악도 이를 아는지 바이올린의 경쾌한 연주와 함께 내 마음을 즐겁게 한다.

하늘을 나는 새들이 보이기 시작한다. 동네 숲 사이에서는 새소리 며 벌레 소리도 들린다. 그래도 하늘 저편 구름 속에서는 아직 번개 빛이 보이고 간간이 천둥소리도 들린다. 마을을 감싸고 지나는 샛강 에서는 불어난 강물 소리가 첼로의 낮은 음으로 다가온다.

오늘 아침에는 사람보다 자연이 더 주인이 된 것 같다. 나는 야외 식탁에 앉아 자연이 전해주는 자연의 이야기를 보고 듣는다. 얼마 후 에는 비 그치고 구름 또한 사라질 것이다. 하늘은 다시금 파란 옷을 입고 나타날 것이다. 어느새 그것 또한 자연의 이야기가 될 것이다.

지금, 이 순간에는 우리네 살아가는 이야기를 잠시 접어두고 싶다. 그저 어느 비 오는 날 아침이 주는 자연의 이야기를 보고 듣는 게 더 좋을 것 같다. 무념무상이 이를 두고 하는 말인가 보다. 나에 대한 걱 정도, 가까운 사람에 대한 관심도, 누군가에 대한 미움도 내리는 비 에 씻기어 간다. 어쩌면 성현들의 지혜조차도 이 순간만큼은 잊은 채 있어도 될 것 같다.

하늘에선 한 무리의 거위 떼가 집 위의 하늘을 가로질러 동네 숲

저편으로 날아간다. 땅에서는 다람쥐 한 마리가 정원 잔디에 나타났다. 피칸 열매를 물고 잡고 잔디 위를 이리저리로 다닌다. 하늘은 거위 떼와 다람쥐에게 시샘을 하는지 다시금 굵은 비를 내린다.

나는 오늘 비 오는 날 일요일 아침 자연의 품 안에서 생각 없이 있다. 지난 시절의 아련함도 내려두고 요사이 스트레스도 접어두며 내일의 걱정과 바람에도 눈길이 없다. 무념무상이 이를 두고 하는 말인가 싶다.

얼마 후면 깨어날 꿈같은 시간을 마주하고 야외 식탁에 있다.

무심할 수 없는 우리네 세상에서 어딘가에서 오늘처럼 잠시 무심하고, 무념할 수 없는 우리네 세상에서 어딘가에서 오늘처럼 잠시 무념하며, 무상할 수 없는 우리네 세상에서 어딘가에서 오늘처럼 잠시 무상해지고 싶다면 이 또한 큰 욕심일까. 더운 여름날 가운데 오늘 비 내리는 날 아침에 잠시 무심·무념·무상을 마주하고 있다.

Mindlessness, Thoughtlessness, and Lack of Perception

It's raining today in the middle of a hot summer day. At dawn, the sound of thunder came from the sky occasionally. As the thunder came closer, the sound of rain wakes me up and the rain continues to pour throughout the morning. When I wake up and open the window, I feel the freshness coming from the rain and the sound of it.

I made a simple breakfast and sat down at a small outdoor table in the backyard. As I eat curry soup, the backyard grass and the little forest beyond that are feasting with the rain. People try to avoid the rain, but the trees and the forest welcome it like precious and delicious food.

As I listen to the deeper sound of rain, I drink a cup of coffee. And I listen to the music of Brahms and Paganini. The heavy pouring of rain sounds like the cello of Brahms's music, and the light drizzle of rain sounds like the violin and guitar of

Paganini's music.

This rainy morning is like an oasis to the isolated awkward life I face with the coronavirus pandemic. Some time has passed, and it seems like the heavy rain is about to disappear. Beyond the sky of clouds, I can feel the brightness coming through. The music playing also seems to know this as it delights my heart with the sound of cheerful violin.

I can see birds flying in the sky. I can hear birds and insects singing from the little forests. But, through the clouds in the sky, I can see the lightning and hear the thunder in the distance. From the small creek wrapping around the village, the overflow of water due to the rain sounds like the low tone of cello.

This morning feels like its more for the nature rather than humans. I sit at a small table in the backyard and listen to the stories that nature tells of itself. After a while, the rain will stop, and the clouds will disappear.

The sky will be blue again. Soon, this will also become a story of nature.

At this moment, I'd like to put aside any story about our lives for a bit. It would be better just to see and hear the story of nature given by a rainy morning. Perhaps mindlessness or lack of perception are the words for this. My worries about me, my interest in people close to me, and my hatred for someone are washed away in the rain. Maybe even the wisdom of the saints can be forgotten in this moment.

In the sky, a group of geese fly across the sky above my house and into the other side of the forest. From the ground, a squirrel appears in the backyard. It bites and grabs pecans and moves through the grass. The sky seems to be jealous of the geese and squirrels, so it rains heavily again.

I am thoughtless as the nature surrounds me with rain on this Sunday morning. It puts down the lingering feelings of the past, puts away the stresses of these days, and has no attention for tomorrow's worries and hopes. Perhaps mindlessness and/or lack of perception are the words for this. Feeling like this is all a dream I will soon wake up from, I sit still in my the backyard.

If I am mindless like today in such a world where we can't be careless, thoughtless in such a world where we constantly have to think, and have no perspective in such a world filled with thoughts and judgment, would that be greedy of me? In the middle of hot summer days, on this rainy morning, I am thoughtless for a while.

오래된 가방

오늘 아침 집 안 청소를 하면서 오래된 가방 두 개를 버렸다. 몇 달 전부터 사용하지 않았으나 오래 사용한 정이 있었던지 그동안 서재 한구석에 놓아두었다. 청소와 정리를 하면서 눈길을 마주치다 생각 끝에 가방을 버렸다. 지난 20년 가까이 그 가방에 담았던 많은 열정, 그리고 정성을 잊지 않으려 했던 마음이 있었다.

늦깎이 유학을 마치고 한국에 돌아와 연구원을 거쳐 대학에서 강의를 시작하면서 인연을 맺은 가방. 얼마나 손에 꼭 쥐고 다녔던지 손잡이는 검은 껍질이 없어져 하얀 속살에 손때가 묻어 회색이 되었다. 나를 주인으로 맞은 그 가방은 오랫동안 꽤 힘들었을 게다. 업무 수첩, 일기장, 연구 보고서, 강의 노트, 연필, 볼펜, 계산기, 신문, 등등. 가끔은 아내에게 줄 작은 선물들도 품었던 가방이었다.

매일 아침 아내가 만들어 준 도시락 배달도 그 가방이 수행해야 했던 임무 중 하나였다. 집 앞 기차역에서 아침 6시 10분에 출발하는 기차에 몸을 실었던 그 가방은 당당하게 부풀어 있었다. 달리는 기차 안에서 가방을 열어 아침 도시락을 먹을 땐 그 가방은 또 훌륭한 식탁이 되어 주었다. 달리는 기차 창밖으로 논밭과 마을이 스쳐 지나가고 나는 따뜻한 커피 한 잔을 마신다. 그렇게 정이 들고 또 과일처럼 정이 익어 가던 시절의 시작이 어느새 20년이 되어 간다.

미국 생활을 위해 한국을 떠날 때도 나와 가족들의 중요한 서류를 담고 품었던 가방이었다. 무게로 치면 한 줌도 안 되는 종이 서류이지만 우리 가족의 생사를 가늠하는 책임을 함께 담고 있었다. 그렇게 고군분투하던 그 가방에 몇 해 전부터 가방 친구가 하나 생겼다. 대학원에서 공부하던 큰딸이 잡지를 넣고 다니는 작은 가방을 선물해 주었다. 그 뒤로 두 가방은 친구가 되었고 나의 짐들을 서로 나누어 감당해 주었다.

세월은 가방에도 있었나 보다. 어느 사이에 튼실해 보이던 첫 번째 가방은 손잡이가 낡아졌고, 두 번째 가방은 몸통 천이 해어졌다. 맥없는 손잡이 가방과 몸통 뚫린 가방은 그때부터 중환자들처럼 서재 한구석에 나란히 누워있었다. 지난 시절 꿈과 열정을 함께 담아 나를 따랐으나 이제 병약해진 퇴역 전사를 나의 곁에 두고 싶었다. 그 사이에 새로운 전사가 나타났다. 친척에게서 새로운 가방 하나를 선물 받았다. 멋지게 보이는 새 가방을 두고 한 달여를 사용치 않았다. 옛 가방들에 괜스러운 연민을 가지면서.

오늘 집 안 청소를 하면서 옛 가방 두 개를 버렸다. 가방에 담아 함께 지나왔던 청춘의 기억들과 그 감동을 다시 다지면서 가방을 버렸다. 나도 언젠가 이 가방들처럼 세상을 떠날 것이다. 누군가에게 멋진 기억을 남길 수도 있고 그 반대일 수도 있을 것이다. 누군가에게 감동을 심어 주고 바람처럼 떠나는 사람이 되기를 마음속으로 바라고 또 바란다.

나의 아내에게, 나의 딸에게, 나의 사위에게, 그리고 나의 사돈 식구들에게 그리되면 좋겠다. 나의 형제들에게, 나의 조카들에게, 나의 처제들에게, 그리고 나의 옆집 사람들에게 그리되면 좋겠다. 나의 친구들에게, 나의 직장 동료들에게, 그리고 나의 과거 스스로에게도 그리되면 좋겠다. 힘들어도 마음을 열어 누군가에게 필요한 것들을 담아 곁을 지켜 주었던 옛 가방에서 나는 배운다. 그저 마음으로 전하는 미소 하나 남기고 떠날 수 있으면 좋겠다.

젊은 시절 온통 나만을 위해 무언가를 채워 다녔던 내 인생 가방을 생각한다. 그 인생 가방 안에는 헤아리기에도 벅찬 또 다른 가방들이 있었다. 항상 비어 있는 돈 가방, 거의 빈 지혜 가방, 반쯤 찬 시간 가방, 유일하게 거의 찬 욕심 가방, 등등….

예나 지금이나 손가방은 손에 있고 인생 가방은 마음에 있다. 옛 손가방은 버려지고 새 손가방이 손에 있지만, 마음에 둔 인생 가방은 여전히 마음 한쪽에 있다. 백발을 앞에 두고서도 인생 가방은 변치 않고 내 마음 한편에 집 달려 압류 딱지처럼 있다. 그런 나의 인생 가방을 버리거나 바꿀 수는 없을까. 오늘처럼.

An old bag

While cleaning the house this morning, I threw away two of my old bags. I haven't used it for a few months, but I have kept it in a corner of my reading room with attached memories of using it for a long time. While cleaning and thinking through, I finally decided to throw them away. I thought about keeping it to remember the passion and devotion that I had in the bag for nearly twenty years.

It was the bag that I started to use when I started teaching at a university, after studying abroad and being a researcher in Korea. Little did I know how much I would've held the bag to the point where the black handle became gray as the leather scrapped off and the inner white material was stained with finger marks. The bag must have suffered for a long time with me as the owner. Business notebooks, diaries, research reports, lecture notes, pencils, ballpoint pens, calculators, newspapers, etc. Sometimes the bag carried small gifts for my wife as well.

Delivering the packed meal made by my wife every morning was one of the duties the bag had. The bag was proudly swollen as it sits with me on the train leaving at 6:10 am in front of my house. The bag was a great table as I eat the packaged breakfast during the train ride to work. As I drink my hot coffee, I see the rice fields and small villages pass by outside the moving train window. Almost twenty years have passed since the beginning of the days when I felt attached to the bag and that feeling got ripened up like a fruit.

Even when I left Korea to live in the United States, it was the bag that carried important documents of my family. Weight wise, it was a handful of paper documents, but it contained responsibilities that measures the life and death of our family. A few years ago, the struggling old bag met a new friend. My elder daughter, who was studying in graduate school, gave me a small bag to carry magazines. After that, the two bags became friends and shared my luggage with each other.

It looks like time passes and even the bags get old. A once sturdy bag now has handles that are worn out, and the overall material of the second bag is worn out too. From that time on, the bag with exhausted handles and the bag with a hole in the body have been lying side by side in the corner of my reading room, like critically ill patients. They followed me by carrying my dreams and passions in the past, but now look like veteran warriors who are sick, so I wanted to have them by my side. In the meantime, a new warrior appeared. I received a new bag as a gift from a relative. I did not use the new bag for almost a month even though it looked great, having useless compassion for old bags.

While cleaning the house today, I threw away the two old bags. I discarded the bag while recollecting the memories and emotions of youth that had passed with me in a bag. Someday I will leave this world like these bags.

I may leave some wonderful memories to someone or I might not. I hope and hope in my heart that I would become a person who inspires someone and leaves like the wind.

To my wife, to my daughters, to my son-in-law, and to my extended families. To my brothers, to my nephews, to my sisters-in-law, and to neighbors. To my friends, to my co-workers, and to myself in the past. I learn from an old bag that opened its heart and kept someone's needs even though it was in hard times. It would be nice if I could just leave a smile from my heart at the end of life.

In my bag of life, I remember the young days when I used to fill it with things for myself and carried it around.

In that bag of life, there were other bags that were too hard to count. The always empty money-bag, almost empty wisdom-bag, half-filled time-bag, the one and only almost full greedy-bag, etc···.

Even now, the carrying bag is in my hand and the bag of life is in my heart. The old bag is thrown away and the new one is in my hand, but the bag of life I had in mind is still in my heart. Even with old age in front of me, my bag of life remains unchanged, and it is like a foreclosure ticket that hangs on the side of my heart. Could I throw away or change this bag of life of mine? Similar to how I threw away the bags today.

해어진 속옷

오늘 아침에 그동안 세탁을 해 두었던 빨래를 개었다. 아내와 내가 직장을 다니는 터라 옷가지들을 자주 세탁하는 편이다. 하지만 세탁한 옷들을 개어 옷장에 다시 정리하는 일에는 서로 게으르기가 일쑤이다. 지난 몇 주 동안의 세탁된 옷들이 여러 바구니에 담긴 채 옷장 한구석을 차지하고 있었다. 오늘 아침 아내가 출근하고 난 후 나는 마음먹고 빨래를 개었다.

내가 입는 속옷들을 하나씩 보아 가며 개기 시작했다. 그들 중 몇몇은 입은 지 오래되었던지 해어진 채로 여기저기에 크고 작은 구멍들이 보였다. 젊어서 다니던 직장에서 사원 복지용으로 받았던 속옷들이 아직 남아 있어 보인다. 10여 년 전 미국으로 건너와 생활을 시작하면서는 속옷을 산 기억이 없다. 생각해 보니 그 해어진 속옷들은 내가 입은 지 적어도 15년 이상이 되는 것 같다.

해어진 흰색 티셔츠는 은은한(?) 누린 빛깔에 솜털 같은 보풀과 함께 겨드랑이 부분에 구멍이 나 있다. 해어진 팬티는 염색된 무늬가 아련하게 보이고 보풀과 함께 가장 아랫부분에 구멍이 나 있다. 해지고 구멍 난 속옷들을 보면서 그냥 버려야겠다는 마음에 앞서는 애잔함이 음악처럼 몰려왔다. 한때 젊음, 청춘, 열정을 간직하고 살았던 내 인생을 땀으로 받아낸 나의 속옷들. 명품이라고 감히 자랑도 못 하는 어느 비영리단체에서 만들었던 나의 속옷들.

그동안 세탁 후에 옷장 바닥 한구석에 두었던 옷가지들을 꺼내어 갠 다음 다시 옷장에 정리한다. 오랫동안 입고서도 눈치채지 못했던 몇몇 해어진 속옷들을 보면서 지난 시절의 애잔함을 느껴본다. 해어진 속옷처럼 나의 몸과 마음도 세월 속에서 낡아 해지면서 하루를 맞고 또 보내는 것 같다. 몸은 그렇다 해도 마음만은 아니라고 웅변하듯 소리쳐도 운명의 신 모이라는 듣지 못하리라. 어쩌면 인간들의 애원하는 숙명을 애처로이 들으면서도 곧 있을 운명 가위질을 준비하고 있을 것이다.

그동안 세탁 후에 옷장 바닥 한구석에 두었던 옷가지들을 꺼내어 갠 다음 다시 옷장에 정리한다. 얼른 보아서는 버려야 할 것 같은 속옷들이 있지만, 되레 정성을 담아 이리 개고 저리 개어 둔다. 어쩌면 이들을 못 버리는 것은 그 해진 속옷들이 아니라 지난 시절 살아온 내 인생 흔적들인지 모른다. 일전에 오래된 가방 두 개를 버린 적이 있다. 아마 얼마 후에는 그 해진 속옷들도 하나둘씩 버릴지도 모른다. 아니 버려야 할 것이다.

그것은 앞으로 나에게 다가와 펼쳐질 남은 인생을 맞이하는 마중물을 준비하기 위함일 것이다. 지난 삶이란 것이 우리에게 펼쳐질 연이은 인생의 마중물이 되는 것은 자연스러운 이치일 것이다. 해지고 구멍 난 속옷처럼 부끄러운 지난 인생의 흔적을 가슴에 묻고서 이어지는 새 인생을 맞아 본다. 해지고 구멍 난 지난 인생의 아픔을 견디어 온 것에 웃음 하나로 인사하고 작별할 때가 올지도 모른다.

그동안 세탁 후에 옷장 바닥 한구석에 두었던 옷가지들을 꺼내어 갠 다음 다시 옷장에 정리한다. 오래 입어 낡아 해어진 나의 속옷을 보며 한참 있다가 슬쩍 아내의 것들도 보았다. 낡아 해어진 상태는 내 것이나 아내의 것이나 별 차이가 없다. 아내에게 때맞추어 선물하나 제대로 못 하고 살아온 증거가 오늘 아침 눈앞에 보인다. 지난 시절엔 돈이 없어 못 했고 지금은 긴긴 세월 속에서 선물하고픈 마음을 잊어버린 것 같다.

낡아 해지고 구멍 난 속옷이란 어쩌면 가슴 쓸며 살아온 내 또래 사람들의 지난 시절과 흡사하다. 깨끗하던 속옷의 누린 빛깔은 많은 인생 파도를 마주했던 사람들의 지난 시절과 닮았는지도 모른다. 산뜻하게 보이던 속옷 무늬는 세월의 바람 앞에 보풀 되어 또 그렇게 희미해져 가는 우리 인생과 같다.

오늘 아침 오래 입어 해어진 속옷 몇몇을 본다. 해지고 구멍 난 속옷처럼 부끄러운 지난 인생의 흔적을 가슴에 묻고서 이어지는 새 인생을 맞아 본다. 아마 얼마 후에는 그 해진 속옷들을 하나둘씩 버릴지도 모른다. 아니 이제는 버리고 싶다.

Worn-out underwear

This morning, I folded the clothes I had washed a long time ago. Since my wife and I work, we wash our clothes often. But when it comes to folding the washed clothes and putting them back in the closet, we are often lazy. Clothes that had been washed for the past few weeks were occupied in a corner of the closet in several baskets. After my wife left for work this morning, I made up my mind to fold the washed clothes.

I started to fold my underwear one by one. Some of them had been worn for a long time and had small and large holes here and there. Some of the underwear were given from the places I used to work for in Korea, and surprisingly I still have them. I don't remember buying underwear since I moved to the United States 10 years ago and started living here. Come to think of it, the worn-out underwear must have been worn for at least 15 years.

The worn-out white t-shirts have a natural yellowish stain, with fluffs, and have a hole around the armpit area. The worn-out panties look faintly colored, along with fluffs, and have a hole at the bottom. As I looked at the underwear with holes in them, the thought of throwing them away caused sadness like how a sad song makes me feel. My underwear that were once soaked in the sweat of my youth and passion back in the days. My underwear made by a non-profit organization that I couldn't even dare to brag as a luxurious item.

I start to fold the washed clothes that were left in the corner of the closet, and I put them to the right place once folded. I felt sympathy for my past days as I saw the worn-out underwear that wasn't noticeable before. Like the worn-out underwear, I feel my body and mind wearing out over time and I may have been living my days with that. Even when I claim that my mind has not worn out compared to my body, I feel like Moira, the god of fate, won't hear me say this. Perhaps Moira may listen to the begging fates of humans with sympathy, but continues to prepare to cut their fates as their time comes.

I start to fold the washed clothes that were left in the corner of the closet, and I put them to the right place once folded.

Some look like it should be thrown away, but I carefully fold them. Maybe it's not the worn-out underwear that I can't throw away, but rather the traces of my life in the past. I threw away two old bags the other day. Maybe after a while, I might throw away the worn-out underwear one by one. Yes, it should be thrown away.

It may be done to prepare and welcome for the future days that has not come yet. It's natural for the past to be the starting point for the upcoming days ahead of us. I bury in my heart the shameful past that are like the worn-out underwear and welcome the new life that continues. There may come a day when I say goodbye with a smile reflecting on the pains I have endured in my life full of holes and stains.

I start to fold the washed clothes that were left in the corner of the closet, and I put them to the right place once folded. After looking at my worn-out underwear from using it for a long time, I glanced at my wife's underwear this time. Hers or mine, there is no difference in how much it's worn out. I see it as evidence this morning that I lived life without giving her the right gift at the right time. In the past, I couldn't give her any gifts because I didn't have enough money, and now I seem to have forgotten how to give a gift.

Worn-out and perforated underwear is probably like the past days of people in my age, who lived a life with much sorrow in their hearts. The yellow stains on the underwear that once used to be clean is like the struggles many faced in the past. The patterns on the underwear wears out through time like our lives fading away with the wind.

I look at a few worn-out underwear this morning. I bury in my heart the shameful past that are like the worn-out under-wear and welcome the new life that continues. Maybe after a while, I might throw away the worn-out underwear one by one. Yes, it should be thrown away.

다시 시작

다시 시작

지난 몇 달 동안 중단했던 글쓰기를 다시 시작했다. 글쓰기를 하지 않은 이유는 몇몇 있는데 주된 이유는 그동안 책 몇 권을 읽은 데 있다. 지난해 겨울 친척에게 책 한 권을 부탁했는데 한 권이 아니라 무려 네 권을 선물 받았다. 덕분에 올봄까지 그 책들을 읽으며 반가운 지적 여행을 많이 한 느낌이다.

요즈음 인터넷을 이용한 거의 무한대의 읽을거리에 비하면 보잘것 없는 책 세 권을 최근에 읽었다. 그러고 보니 책 읽는 습관을 지닌 지는 어느새 50년이 넘었나 보다. 그림책, 만화책, 동화책, 교과서, 교과 참고서, 교양서적, 대학원 전공 서적, 연구논문 등 종류도 많다. 책을 대하는 마음가짐도 나이가 들면서 조금씩 다르게 다가온다. 어릴 적 호기심으로 시작한 것이 숙제와 시험을 위해 읽기를 반복하면서 때로 책 보는 지겨움도 키웠다. 어른이 되어서는 공학 연구자의 자리를 얻고 또 유지하기 위해 의무감 같은 마음으로 책을 읽었다.

책 읽기 50년이 지난 요즈음이 되어서는 다시 찾아온 어릴 적 호기심 같은 마음으로 책을 대한다. 읽는 책에 대한 숙제도 없고 시험도 없으며 의무감은 더더욱 없다. 그저 나 자신과 책을 쓴 사람들이 서로 교감하고 공감하며 때로는 이해하는 마음으로 서로 만난다. 그래서 가능하면 젊은 시절에 멋모르고 읽었던 책들을 다시 읽으려고 한다. 다시 보는 책들을 앞에 두고서 그 시절 나의 자화상도 함께 기억해 본다.

책 읽기를 다시 시작했다. 책을 쓴 사람들이 말하려 했던 내용이 긴 세월을 사이에 두고 다르게 다가옴을 적잖게 느낀다. 그러는 사이에 내가 보낸 지난 젊은 시절의 자화상이 자연스레 그리고 다시금 그려진다. 책의 마지막 페이지를 닫을 때면 그동안의 긴 세월을 지나온 내 모습이 떠오른다. 사관학교 생도 시절 주말 외출 귀영 시각을 맞추느라 택시를 타고 서둘러 복귀를 해야 했다. 하지만 버스를 대신 타면서 아낀 택시비로 종로서적에서 책 한 권을 사서 학교로 들어왔다.

그 책의 이름은 '짜라투스트라는 이렇게 말했다'이다. 철학자 니체가 쓴 그 책은 당시에 내가 이해하기에는 너무 어렵게 다가온 책이었다. 어려운 부분은 생략하면서 읽었으나 끝까지 읽지도 못하고 나는 졸업과 동시에 그 책을 잊게 되었다. 30년이 지나고 그 책을 다시 보았다. 다시 시작하였다. 호기심과 의무감보다는 공감하는 마음으로 그 책을 다시 만났다.

근대 유럽에 만연했던 인간성 상실, 사회적 부조리, 종교적 부패를 온몸으로 맞선 한 철학자의 외침을 마음으로 다시 들어 본다. 내가 사는 동안 간직하고 싶은 인간성을 찾고 또한 만들고 싶다. 신을 만든 인간으로부터 신을 죽인 인간, 인간을 죽이는 인간에서 인간을 살리는 인간으로 변할 수 있을까.

내가 책 읽기를 다시 시작하는 동안 코로나 전염병이 세계에 유행하여 사람들을 힘들게 하고 있다. 내가 사는 미국은 특별히 심한 상태에 있다. 지금도 자가격리, 사업장 폐쇄 혹은 영업 제한, 학교 휴업, 밤 8시 이후 통행 제한 등이 시행되고 있다. 제2차 세계대전 이래 미국과 세계의 경제는 최악의 상태이며 더욱이 종료 시기를 가늠키 어렵다 한다. 누구나 전염병에 걸릴 수 있으나 상대적으로 의료혜택을 받기 어려운 사람들이 더 감염될 거라 한다. 이들 중에는 노약자, 노숙자들을 포함하는 사회적 약자, 경제적 저소득자들이 크게 포함될지 모른다.

'짜라투스트라는 이렇게 말했다'에서 외치는 니체의 목소리를 나는 현실에서도 여전히 들어 본다. 상실한 인간성을 회복하고 사회적 부조리를 거부하며 정치와 종교의 도그마에서 벗어나는 몸부림. 어떤 작은 일이 될지라도 다시 시작하는 마음의 태양이 오늘도 떠오름을 자각하고 기뻐하는 것. 우주의 한 외딴 별인 태양의 주위를 도는 한 행성-지구-에서 태어나 자신과 우주를 자각하려는 나. 나는 세상을 자각하고, 인생을 가치 있게 하며, 또한 세상의 밝은 면에 이르러 오래 머물고 싶다.

그래서 나는 나에게 오늘도 말한다. "다시 시작."

2020년 4월

Restart

I resumed writing, which I had stopped in the last few months. There are several reasons for not writing, but the main reason is due to reading several books. Last winter, I asked one of my relatives for one book, but instead she sent me four books. Thanks to that, I feel like I have made a lot of good intellectual travels while reading those books until this spring.

I recently read three books that might be nothing compared to the infinite number of things we can read on internet these days. Come to think of it, it has been 50 years since I got into the habit of reading. There are many types of books I read, such as picture books, comic books, children's books, text-books, textbook references, liberal arts books, graduate school major books, and research papers. My attitude towards books also becomes a little different as I get older. What started out as a child's curiosity sometimes became boredom by repeatedly reading for homework and exams. As an adult, I read books with a sense of duty to obtain and maintain the position as an engineering researcher.

These days after 50 years of reading, the childlike curiosity towards books came back. There is no homework from reading, no tests, and no more sense of duty. The author and I meet through empathizing and understanding each other. That's why I am trying to re-read the books I read when I was young. With the books I read again, I try to remember myself at that time.

I started reading books again. What the authors have to say feels different now from the first time I read. In the meantime, I can naturally reminiscence my younger days. When I close the last page of the book, I think of myself who has passed through the years. One day on a weekend, when I was a cadet at the (Korea) Airforce Academy, I should have used a taxi to hurry and return back to school on time. However, I took the bus instead, bought a book at Jongro bookstore with some saved money, and came back to school.

That books is called 'Thus Spoke Zarathustra.' The book, written by the philosopher Nietzsche, was too difficult for me to understand at the time. I read it while omitting the difficult part, but I couldn't read the full book and I forgot about the book as soon as I graduated from school. After 30 years, I saw the book again. I started to read it again. I met the book again with empathy rather than curiosity and duty.

With my heart, I listen again to the cry of a philosopher who confronted the loss of humanity, social absurdity, and religious corruption that prevailed in Europe at the time. I want to find and create humanity that I wish to keep while I live. Can we change from a man who made God to a man who killed God, from a man who kills a man to a man who saves a man?

While I start to read again, the coronavirus is spreading around the world, making people suffer. The United States where I live is in a particularly severe condition. Even now, self-quarantine, business lock-down or business restrictions, school closures, and traffic restrictions after 8 pm are in place. Since World War II, the economy of the United States and the world has faced its worst, and furthermore it is difficult to pre-dict when it will end. Anyone can get infected with epidemic diseases, but it is said that people who are relatively difficult to receive medical benefits will be more infected. Among these, the elderly, the socially underprivileged including the home-less, and economically low-income people might be largely included.

In reality, I still hear Nietzsche's voice shouting in 'Thus Spoke Zarathustra.' A struggle to recover lost humanity, reject social absurdity, and escape from the dogma of politics and religion. Recognizing and rejoicing that the sun in our hearts to restart will once again rise today even for the smallest things. I want to become aware of myself and the universe, as I was born on planet Earth that revolves around the sun that is an isolated star in the universe. I want to be aware of the world, value my life, and stay longer on the bright side of the world.

So I tell myself again today. "Restart."

April 2020

내 이야기, 남 이야기

한 세상을 여러 사람과 어울려 살다 보면 사람들에 대한 참 많은 이야기가 오고 또 간다. 숫자로는 헤아리기 어려울 만큼의 그 많은 이야기를 네 종류로 나누어 본다면 이렇게 될 수 있을까. 내가 나에 관해서 하는 이야기, 남들이 나에 관해서 하는 이야기, 내가 남들에 관해서 하는 이야기, 그리고 남들이 또 다른 남들에 관해서 하는 이야기쯤이 될 수 있을 것이다.

보통 사람이 한평생 말하고 듣는 사람들에 대한 이야기를 분량으로 계산해 보면 어찌 될까. 내가 나에 관해서 하는 이야기는 평생 10쪽이나 될까 모르겠다. 남들이 나에 관해서 하는 이야기는 사람마다 차이가 있겠지만 100쪽가량이라고 하자. 내가 남들에 관해서 하는 이야기는 적어도 1,000쪽은 되리라 생각한다. 남들이 또 다른 남들에 관해서 하는 이야기는 1만 쪽도 모자라 온갖 사이버 공간을 채우고 또 채운다.

또한 그런 이야기들이 나에게 주는 가치는 또 얼마나 될까. 남들이 또 다른 남들에 관해서 하는 이야기의 가치를 하루 동안의 맛난 식사라고 하자. 내가 남들에 관해서 하는 이야기는 며칠, 몇십 일간의 식사와 그간의 스트레스 해소라고 할까. 남들이 나에 관해서 하는 이야기는 자신이 귀 기울이는 정도에 따라 한 해 정도의 식량이 될까. 내가 나에 관해서 하는 이야기는 시절을 따라 평생 열매를 맺는 풍성한 과일나무가 될 거라 여긴다.

나이 들어 세월에 대한 느낌이 별스럽게 다가올 때면 더욱더 그리워지는 내가 나에 관해서 하는 이야기. 거창한 철학적 사고를 친구 삼지 않아도 그저 말동무로 다가왔던 어제의 나 그리고 오늘의 나. 길모퉁이 집의 코흘리개를 동무 삼아 온 동네를 휘젓던 7살의 나. 방과 후 수업을 피해 시내버스 종점 주변 과수원에서 떨어진 사과를 주우며 해 질 녘을 보던 18살의 나. 적성과는 그리 어울리지 않았던 옛 직장에서 가족을 위해 참고 견뎌 왔던 지난 시절의 나.

자녀들을 위한답시고 고국을 떠나 지구 반대편에서 살고 있는 지금의 나. 그 사이 자녀들은 내 품을 떠난 지 오래되었고 나에 관한 이야기는 빛바랜 삼류 소설이 된 느낌. 희어진 머리카락에 주름진 아내의 얼굴을 매일 무심히 그저 무심히 바라보게 되는 지금의 나. 한 세상 멋지게 살아 보려고 이리저리 달리던 나의 이야기는 읽는 이 하나 없이 낡고 빛바랜 삼류 소설.

그래도 내일 태양은 또 떠오른다는 헤밍웨이의 외침을 마음 한구석에 간직하려는 나를 불러 본다. 내가 기억하고픈 나에 관한 이야기를 마음속 타임캡슐에 쓰고 담아 묻어 두려고 한다. 비록 10쪽도 채우기 벅찬 삼류 소설 같은 나의 이야기를. 그래도 가끔은 '도전'이 있었고, '책임'도 있었으며, 그리고 '가치' 있는 것도 있었던 빛바랜 이야기.

이제는 내가 나에 대해 하는 이야기들이 조금 더 많아지고 정겨운 웃음이 또한 뒤따라오면 좋겠다. 지금은 삼류 소설이지만 언젠가 일류 소설이 될 내가 나에 대해 하는 이야기가….

My Story, Their Story

Many stories of people come and go as we live a life surrounded by others. I wonder if those numerous stories could be categorized into the following four types. It could be what I say about myself, what others say about me, what I say about others, and what others say about other people.

What would happen if an ordinary person counts how many stories they talked or heard of about others in their lifetime?

I'm not sure if my whole life story could exceed 10 pages. The stories that others say about me may vary from person to person, but let's say it's about 100 pages. I think there will be at least 1,000 pages for stories that I talk about others. The stories that others tell about other people are much more than 10,000 pages, and those continue to fill the cyberspace today.

Also, what value will such stories give me? Let's say the value of what others say about others is a delicious meal for a day.

What I say about others is like meals for a few days or more and a stress relief. The stories that others say about me might be worthy of food for about a year depending on how much I pay attention. I think the story of myself I tell will be worthy of a fruit tree that bears fruit for a lifetime.

As I get older and feel the time passing by, I miss the stories I tell about myself. Yesterday and today's myself were just a companion without having philosophical thoughts attached. I was 7-year-old when I made friends with a snotty kid who lived at the end of the street, to stir the whole village. I was 18-year-old when I skipped extracurricular activities and watched the sunset while picking up apples from an orchard near the city bus terminal. Back in the day, I endured a job that did not suit me for the sake of my family.

It is me who left his homeland for his children and is now living on the other side of the globe. It has been a long time since my children have left my arms, and my story has become a faded novel. I feel indifferent now looking at my wife's wrinkled face and gray hair every day. The story about me who tried his best to live a wonderful life became an old, faded novel that no one reads.

I still want to remember in my heart Hemingway's cry that the sun will rise again tomorrow. I want to write a memorable story about myself and put it in a time capsule in my heart. Even if it's my story like an unknown novel that is hard to fill 10 pages. A faded story that sometimes had 'challenges', 'responsibilities', and something 'worthwhile'.

I hope more stories about myself come along with warm smiles. The story that maybe an unknown novel now, but will become a famous novel that I share about myself one day⋯.

노년 입문

아내와 나는 보통 아침 6시 30분에 함께 일어난다. 일어나서는 서로 분주하게 움직이며 출근 준비와 함께 아침 식사를 한다. 내가 이따금 늦잠을 자게 되면 아내 혼자 아침 식사를 하고 출근을 하기도 한다. 나는 직장 야간 조 근무가 많은 편이지만 아내는 특별한 경우가 아니면 아침 7시 30분에 출근한다. 나는 직장 근무에 상관없이 아내와 함께 일어나 아침 식사를 같이하고, 아내의 출근 배웅도 해준다.

내가 오후에 출근하는 날은 아침 시간에 책을 보거나 음악을 듣기도 하고 가끔 글을 쓰기도 한다. 큰 행사들이 많았던 지난해와는 다르게 올해에는 일상의 생활이 일정해진 것 같다. 한동안 읽다 만 책들을 다시 볼 수도 있고 마음을 편하게 해주는 음악도 들을 수 있게 되었다. 오늘 아침에도 아내 출근 후 집안 정리를 마치고 따뜻한 차한 잔을 만들어 서재에 앉았다. 그리고 나의 시선은 창문 밖 겨울 풍경에 잠시 머물기도 한다.

요사이 나의 노년에 대해 생각하고 노년을 잘 준비하는 데 관심이

생기는 것 같다. 어느새 노년 입문이란 글귀가 낯설지 않게 다가온
다. 노년에 입문하기 위해 우리는 다음 두 가지 관문을 통과하여야
할지 모른다. 첫 번째는 '살아온 것 돌아보기'이고 두 번째는 '살아갈
것 생각하기'이다. 나로서는 '살아온 것 돌아보기'도 쉽지 않은데 '살아
갈 것 생각하기'란 마냥 어려워 보인다.

　노년 입문을 위해 용기를 내어 살펴본다. 나의 '살아온 것 돌아보기.'
살면서 할 수 있는 일들을 많이 했다지만 늘 부족한 마음이다. 돈이
없어 친지에게 빌리기도 했고 자녀의 교육 문제로 직장을 옮기기도
했다. 그래도 살아온 것을 돌아보니 과거보다 조금씩 나아진 것을 느
끼며 오늘을 보내고 있는 것 같다. 내일은 조금 더 좋아지리라 생각
한다.

　노년 입문을 위해 용기를 내어 살펴본다. 나의 '살아갈 것 생각하
기.' 이제부터는 내 인생 바구니에 열정은 꺼내 두고 지혜를 담으면 좋
겠다. 이제부터는 치열하게 사는 인생은 접어 두고 배려하며 사는 인
생을 조용히 펼치고 싶다. 해가 지면 친구를 초대하여 내가 만든 저
녁 식사를 대접할 수 있는 날이 많아지면 좋겠다.

　나의 인생 기차는 얼마 전 '늙은 오빠' 간이역을 지나 이제 곧 있으
면 '젊은 노인' 간이역에 도착한다. '젊은 노인' 간이역 안에는 노란색
파스텔 톤의 해 질 녘 들판이 그려진 풍경화가 걸려 있다. 풍경화 속
의 해 질 녘 들판에는 잘 익은 곡식들이 바람에 일렁이고 있다. 간이

역을 오가는 사람들은 이 잘 익은 곡식을 '지혜'라고 부른다. '젊은 노인' 간이역 문 앞 철길 옆에는 누구나 쉬어가라고 낡아 보이지만 튼튼한 의자 하나가 있다. 간이역을 오가는 사람들은 이 의자를 '배려'라고 부른다.

'지혜의 곡식' 그리고 '배려의 의자'가 있는 '젊은 노인' 간이역에 나의 인생 기차가 곧 도착합니다. '지혜의 곡식' 그리고 '배려의 의자'가 있는 '젊은 노인' 간이역에 나의 인생 기차가 곧 도착합니다.

Entering old age

My wife and I usually get up together at 6:30 in the morning. When we get up, we are busy preparing for work and having breakfast. Sometimes when I sleep in, she eats breakfast alone and goes to work. I tend to have a lot of night shifts, but she normally goes to work at 7:30 in the morning. Regardless of my work, I get up with my wife, eat breakfast together, and send her off to work.

On days I go to work in the afternoon, I usually read books, listen to music, and sometimes write, in the morning. Unlike last year with lots of big events, this year seems to have more consistent normal days. I could continue to read books that I stopped reading for a while and listen to music that makes me feel comfortable. Even this morning after she left for work, I finished organizing the house and made a cup of hot tea and sat at the desk. And I gaze at the winter landscape outside the window.

I feel like these days I'm more interested in thinking about my old age and preparing for it well. Suddenly, the phrase 'entering old age' doesn't seem unfamiliar. To enter old age, we may have to go through two stages: The first is to 'look back on what life has been, and the second is to 'think of what life will be. For me, it is not easy to 'look back on what life has been', but more difficult to 'think of what life will be.'

To enter the old age, I am taking the courage to 'look back on what life has been' for myself. I did a lot of things I could do in my life, but I always felt like it wasn't enough. I borrowed money from my relatives when I didn't have any, and I changed jobs to move for my children's education. But looking back on my life, I feel like I'm spending today feeling a little better than yesterday. I think it will be a little better tomorrow.

To enter the old age, I am taking the courage to 'think of what life will be' for myself. From now on, I wish to put my passion out of my life basket and put my wisdom in it. From now on, I want to put aside my fierce life and live my life quietly in respect. When the sun goes down, I hope there are more days for me to invite my friends and serve dinner.

My life train passed the 'Aged Older Brother' station just a while ago and soon arrives at the 'Young Old-Man' station. Inside the 'Young Old-Man' station, a canvas filled with yellow pastel coloring of a field at sunset is hung on the wall. In that canvas, ripe grains sway in the wind on the field at sunset. People who go to and from the station call this ripe grain 'Wisdom.' Next to the railroad in front of the 'Young Old-Man' station door, there is a chair that looks old but sturdy for everyone to rest. People going to and from the station call this chair 'Respect'.

The train of my life will soon arrive at the 'Young Old-Man' station where 'Grains of Wisdom' and 'Chairs of Respect' are. The train of my life will soon arrive at the 'Young Old-Man' station where 'Grains of Wisdom' and 'Chairs of Respect' are.

동네 반상회

어제는 한 해를 정리하는 동네 반상회를 하였다. 점심을 겸해서 오후 반나절 정도를 보내며 즐겁게 지냈다. 한국에서는 반상회라는 말이 철 지난 느낌으로 다가오지만 이곳 미국 교민들에게는 여전히 정겹다. 올해가 되면서 내가 사는 집 가까운 지역으로 두 가정이 이사를 왔다. 자동차로 10분 거리에 있는 좋은 단독주택을 사 새롭게 정착을 하였다. 조금 떨어진 곳에서 살며 우리들과 친교 모임을 하는 한 가정을 합하면 모두 네 가정이 된다. 한두 가정을 더 포함할 수는 있지만, 동네 반상회를 하기에 안성맞춤이다.

마음을 열고 우리네 삶의 이야기를 나누며 지낼 수 있다는 것은 복을 넘는 감사일 것이다. 치열하게 살았던 예전 한국에서의 생활을 돌아보면 넘치는 여유이고 기쁨이다. 이해관계를 살피고 출신 배경을 보며 직업을 묻고 또한 경제적 수준을 따지며 지냈던 세월이 있었다. 그런 생활이 좋은지 나쁜지 하나 생각지 않고 그저 어딘가에 묻혀서 그리 지낸 시간을 기억한다.

십여 년 전에 한국에서의 생활을 정리하고 가족 모두 미국으로 왔다. 처음 몇 년간 사회생활 같은 것은 꿈도 꾸지 못했다. 경제적 어려움을 시작으로 자녀교육에 이르기까지 오롯이 가족밖에 없었다. 지나는 동안 살면서 이룬 일들은 작지만 만족하는 성과를 가져다주기도 했다. 그러는 사이에 한두 사람을 알게 된 것을 시작으로 장 담그는 숙성을 하면서 반상회에 이르고 있다.

도넛 가게, 한일식 퓨전식당, 한인 마트, 미국 회사에서 일하는 사람들이 외인구단처럼 모여 산다. 이번 해에는 집을 사서 이사했고 자녀들이 장학금을 받으며 대학과 의과 대학원에 진학도 했다. 나이 먹는 우리네 마음에 안 받고 싶은 택배 같은 '할머니 되심을 전합니다.' 라는 소식도 예정되어 있다. 그렇게 세월은 가고 기억은 추억이 되어 우리네 마음에 단풍처럼 물들어 남는가 보다.

우리 동네 반상회는 주로 월요일 오후에 시작된다. 나와 아내의 쉬는 날이 월요일이라 회원들의 배려로 주로 월요일 오후에 한다. 미국에서 지내야 하는 생활환경이다 보니 한식이 늘 그립고 정겹다. 한국 고향의 말을 하면서 수다를 더하면 음식 맛은 어느새 산해의 진미가 되고도 남는다. 그리고 보니 고향도 다양하다.

경상도, 전라도, 충청도, 경기도 그리고 서울까지 강원도를 빼고 다 모였다. 한국에서 아직도 여전한 지역 정치문화를 보면 쓴웃음이 나오기도 한다.

미국에서 지내며 철 지난 이름의 '동네 반상회'를 오늘도 합니다. 살아온 이야기 보다 살아가는 이야기, 살아갈 이야기를 나누며 반상회를 합니다. 어떤 이는 새벽 1시부터 가게를 열어 하루를 준비하고, 어떤 이는 아침 6시부터 일을 시작해서 오전 손님 주문을 완료해야 하며, 또 어떤 이는 저녁 10시까지 일하고 가게 문을 닫아야 합니다. 우리네 자녀들에게는 이보다 조금 더 나은 삶을 종용하고 기대하면서 오늘을 삽니다. 그러면서 우리 동네 반상회는 점점 깊은 맛으로 계속되리라 기대합니다.

올 한 해 모두 큰 수고들 하셨습니다. 한 해 마무리 잘하시고 전과 다름없이 몸과 마음이 함께 건강하고 즐거운 새해가 되기를 바랍니다. 따뜻한 봄날에는 김밥에 도시락 챙겨 야외에서 맑은 공기와 햇살 받으며 반상회를 하면 좋겠습니다. 그리고 막내 회원 가정은 열심히 하여서 새집으로 이사 올 수 있도록 힘써 주시기를 바랍니다.

송구영신
근하신년

(그로부터 반년 후 막내 회원 가정은 새집을 사 이사하였다.)

Neighborhood Meeting

(*Neighborhood Meeting is a resident autonomy system that has been active since the 1970s with the support and initiative of the Korean government.)

Yesterday, we had the last neighborhood meeting of this year. We had a good time spending half the afternoon with lunch. In Korea, the word 'Neighborhood Meeting' may seem like an old school terminology, but it still is a warming event for the American-Koreans living here. This year, two families moved to an area near my house.

They bought great single houses located 10 minutes away by car and settled. If we add the one family that meets with us who live a little far away, that's a total of four families that come together. We could add one or two more families, but this is a good size for a neighborhood meeting.

Being able to open our hearts and share life stories is something to be thankful for beyond just being a blessing. Looking back on my life in Korea, where I lived fiercely, this right now overflows with joy and room to breathe. There were times when I evaluated somebody according to their background, job, wealth, and my own interest. Not really thinking through if that a good or bad thing to do, I remember being buried in that mentality in the past.

About 10 years ago, I stop living in Korea and my whole family came to the United States. In the first few years, I couldn't even dream of having a social life. Due to financial difficulties and children's education, family was the only thing I could focus on. The things achieved in life over the past years have been small but brought satisfying results. In the meantime, I got to know one or two people, and that slowly lead to a group of families forming a neighborhood meeting.

People working at donuts shops, Korean-Japanese fusion restaurants, Korean grocery stores, and American companies live together like 'The Terrifying Mercenary Baseball Team'. (*'The Terrifying Mercenary Baseball Team' is a cartoon title written by cartoonist Lee Hyun-sae who has won one of top honors by the Korea Government.) This year, they bought houses and moved, and their sons and daughters received scholarship and entered colleges and medical school. Like a delivery too soon to receive in our hearts as we age, there also exists upcoming news of us becoming grandparents. Like that, time passes and memory becomes fond memories leaving our hearts colored like autumn leaves.

Our neighborhood meeting usually happens Monday afternoon. My wife and I have Monday off, so the members have been considerate to make the meeting happen on Monday. As we live in the United States, we always miss Korean food. When we talk in Korean language as we eat the food, the food becomes more tasteful. Come to think of it, we all have different hometowns. Gyeongsang, Jeolla, Chungcheong, Gyeonggi and Seoul were all gathered except for Gangwon region. A bitter laughter sometimes comes out when we look at the regional political culture that still exists in Korea today.

We continue to have neighborhood meetings here in the United States, even though the word is a bit outdated in Korea. We have a neighborhood meeting by sharing stories of today and tomorrow rather than talking about the past. One family opens the store at 1 am to prepare their day, another starts work at 6 am to complete a customer order in the morning, and another work until 10 pm and close the store. We live today encouraging our children and hoping for a better life for them. At the same time, I expect our neighborhood meeting to continue with a deeper taste.

Everyone has done great work this year. I hope you all finish the year well, and hope that in the new year, we continue to be healthy and joyful. On a warm spring day, it would be nice to have the neighborhood meeting outdoors eating kimbap and lunch boxes under the sunlight with fresh air. And I hope that the youngest family of the group could continue to work hard to move into a new place.

Happy New Year

(Half a year later, the youngest family of the group bought a nice new house and moved in.)

베토벤 57 니체 56

올해 내 나이는 56세이다. 예전 같으면 60세 환갑을 앞두고 노인 행세를 준비하는 때일 것이다. 하지만 요사이는 100세 인생을 말하고 있으니 노인 행세란 참으로 옛말이 된 느낌이다. 인류의 평균수명이 백 년 전엔 약 40세, 천 년 전엔 약 30세, 이천 년 전엔 약 20세라고 한다. 인류가 오래 살게 되는 주된 이유는 의학이 발전하고 대규모 전쟁이 줄어든 때문이라고 한다. 이와 함께 타고난 무언가를 약간 더하여 '재수 없으면 120세까지 살 수 있다'는 말까지 하곤 한다. 누구나 말로는 오래 사는 걸 부담으로 여기지만 내심으론 장수함을 바라고 또 바랄지 모른다.

요사이 지난 역사 속의 인물들을 살피다가 눈에 들어오는 두 사람이 있었다. 한 사람은 57세의 나이로 세상을 살다 간 루트비히 판 베토벤이고, 또 다른 한 사람은 56세의 나이로 세상을 살다 간 프리드리히 빌헬름 니체이다. 그들은 타고난 신체적, 사회적 한계를 극복하면서 자신의 힘으로 새로운 세상 가치를 만들었다. 그들은 지금 내 나이와 비슷한 시기에 생을 마감했으나 나는 아직 살아 그들의 이름을 부르고 있다.

나는 어쩌면 그들의 두 배나 되는 나이를 살지도 모른다는 현실에 놀라기도 하고 부끄럽기도 하다. 하지만 그들의 삶에 비추어 작아지는 나의 삶을 되돌아보기도 하고 앞서 보기도 하는 감사함이 있다. 나는 무엇으로 나의 남은 생을 살 수 있을까. 나는 어떤 가치를 나의 남은 생에 보탤 수 있을까. 얼마 전 인편을 통해 니체가 지은 책 한 권을 보내 달라고 하였다. 그 책의 이름은 '짜라투스트라는 이렇게 말했다'이다. 지난 젊은 시절에 읽었던 기억이 있기는 하지만 전체를 정독하진 못했다.

나는 지금 미국 댈러스 광역도시 지역에서 지내고 있다. 나와 가족을 둘러싼 사회적, 문화적 환경은 내가 나고 자란 한국과는 아주 다르다. 경제적 목적을 제일 앞으로 하고서는 나머지를 모두 먼발치에 두고 찾지 않은 지 10년이 되어 간다. 마침 베토벤과 니체의 삶을 오늘에 투영하면서 나의 살아갈 날들을 세어 본다. 세상 어딘가에는 지금도 그때의 베토벤, 그때의 니체 마음으로 사는 사람들이 많을지도 모른다.

청력을 잃었던 베토벤은 입에 문 막대기를 피아노 공명판에 대어 그 진동을 느끼며 작곡을 하였다. 독일의 베토벤하우스 박물관에는 그가 사용하던 보청 기구들이 아직 남아 있다고 한다. 청력을 잃은 후에도 그는 현악 사중주곡(작품 번호 131번)과 교향곡 9번(합창)을 작곡하였다. 우리는 흘러간 시간이 다시 못 올 거라 말하지만, 베토벤의 절실했던 하루하루에는 이르지 못할 것 같다.

니체에게는 두통과 복통 등 병마가 생애 전체를 따라다녔다. 그는 46세에 광기를 얻은 후 죽기 전까지 10년 동안 정신병원에서 가족들의 간호를 받아야 했다. 그의 지적 활동 대부분은 20대 초반에서 시작하여 40대 중반까지 약 20여 년 동안에 이루어졌다. 그는 20세기 세계 지성사에 큰 영향을 주었으며 그의 사상은 철학을 포함하여 문학, 음악, 미술, 정치, 신학, 사회 전반에 걸쳐 지금까지도 이어지고 있다.

요즈음 나는 베토벤과 니체를 다시금 만나 보려고 한다. 예전보다 조금 더 가까이서 만나 보려고 한다. 그들 개인적 생애와 함께 당시 사회적 한계를 극복하고 새로운 시대정신을 제시하고 행동하게 했던 내면의지를 만나 보려고 한다. 왜냐하면, 요사이 부모 세대와 자녀 세대, 그리고 사회와 경제의 변화들을 대할 때면 적잖은 차이와 한계를 느낄 때가 많기 때문이다. 그래서 베토벤과 니체를 다시 만나려고 한다. 그들과 만나 대화하고 묻기도 하며 또 배우려 한다. 어릴 적엔 선생님으로 만났으나 이제는 친구로 만났으면 한다. 친구 사이가 더 좋을 거라 기대한다.

다음 주가 되면 니체를 다시 만나게 된다. 바쁘게 살아온 거라 핑계 대면서 가까이하기에 멀어 있었던 니체를 다시 만나게 된다. 인간 사회를 계몽하러 산에서 내려와 세상을 품고 가르침을 설파하는 짜라투스트라도 함께 만나게 된다. 니체와의 만남은 앞으로 얼마간 그리고 주로 밤에 이어질 것이라 기대한다.

    니체가 말하는 자기 긍정과 절실하면서도 후회가 없을 정도의 긴장
된 삶을 이제라도 배우면 좋겠다. 그러는 사이 베토벤은 그의 음악으
로 먼발치에서 조용히 그리고 천천히 나에게 걸어 올 게다. 언제가
될지 모르지만, 운명의 노크 소리와 생의 환희가 봄꽃처럼 함께 피어
날 합창으로 다가올 것이다. 베토벤과 니체는 자신들의 운명을 극복
하며 불 밝힌 새로운 시대정신의 서막을 들고 내게 다가올 것이다.

Beethoven 57 Nietzsche 56

I am 56 years old this year. In the past, it would be the time to prepare for senior years before the 60th birthday. However, since we are talking about a 100-year-old life, it seems old school to really call someone senior or elder at this point. It is said that the average life span of humans 100 years ago was about 40 years old. 1,000 years ago it was about 30 years old, and 10,000 years ago it was about 20 years old. It is said that the main reason humans live longer is because of the advancement of medicine and the reduction of massive wars.

With additional genetic gifts, we can even say 'If you're not lucky, you can live to the age of 120.' Some may say they wish to live just enough to not be a burden, but deep inside, we may wish to live a longer life.

Recently, two folks caught my attention as I looked into the history of famous people. One is Ludwig Van Beethoven, who lived until the age of 57, another is Friedrich Wilhelm

Nietzsche, who lived until the age of 56.

They overcame their innate physical and social limitations and created values for the new world with their own strength. They died of similar age, but I am now that age, still alive and calling out their names.

I am surprised and embarrassed by the fact that I might live twice as much as they did. However, I am thankful that I get to look back on my life by reflecting it on theirs and understanding what may come. What can I live the rest of my life with? What value can I add to the rest of my life? Not long ago, I asked one of my relatives to send me a book written by Nietzsche. The book is called 'Thus Spoke Zarathustra.' I remember reading it when I was younger, but I couldn't read the whole thing.

I currently live in Dallas Metropolitan City, USA. The social and cultural environment surrounding me and my family is very different from Korea where I was born and raised. It has been 10 years since we put the economic purpose first and didn't think of anything else. Through projecting the lives of Beethoven and Nietzsche to today, I just count my days to live. Somewhere in the world, there might still be many people living with the same mind that Beethoven and Nietzsche had at that time.

Beethoven, who had lost his hearing, put a stick in his mouth, placed it against the piano sounding board and felt the vibration to compose. The hearing aids he used remain today at the Beethovenhaus Museum in Germany. Even after he lost his hearing, he composed the string quartet (Article #131) and the symphony number 9 (Chorus). We say that the passed times will never come again, but it will never be compared with Beethoven's desperate days.

For Nietzsche, throughout his life, he continuously had illness such as headache and abdominal pain. He went mad at the age of 46 and had to be cared for by his family in a psychiatric hospital for 10 years before he died. Most of his intellectual activities began in his early 20s and took place for about 20 years until his mid-40s. He greatly influenced the history of the world intellect in the 20th century, and his ideas continue to this day in literature, music, art, politics, theology, and society, including philosophy.

These days, I want to meet Beethoven and Nietzsche again. I' m going to meet them a little closer this time. I want to meet the inner will that they had along with their personal lives, that overcame social limitations of their time and suggested new ideas to act upon. It's because these days, when dealing with changes in the generation of parents and children, as well as in society and economy, there are many times when I feel a lot of differences and limitations. So, I try to meet Beethoven and Nietzsche again. I am going to meet with them, talk with them, ask questions, and try to learn. When I was young, I met them as a student, but now I want to meet them as a friend. I think a friendship would be better than a mentorship.

Next week, I will be meeting Nietzsche again after keeping him at the distance with the excuse of being too busy. I will also meet Zarathustra who came down the mountain to enlighten human society, embraced the world, and preached the teachings. I expect that the meeting with Nietzsche will continue for some time and mainly at night.

It would be nice if I can learn Nietzsche's preach about the self-affirmation and the tense life that is desperate and has no regrets. Meanwhile, Beethoven will walk to me quietly and slowly with his music at a distant. I don't know when it will be, but the sound of the knock of fate and the joy of life will come as a chorus that will bloom together like spring flowers. Beethoven and Nietzsche will come to me with the prelude to the spirit of new era enlightened by overcoming their fate.

얼굴

나에게는 대학교 동기동창들의 공유 SNS인 이른바 '밴드'가 있다. 지난 세월 동안 타국에서 바쁘게 지내느라 이를 모르고 있다가 올 초 동기회 간부를 통해 알게 되었다. 처음 가입한 후 지금까지 즐거운 마음으로 동기들의 세상 사는 이야기를 보고 듣고 있다. 학교 졸업 후 30년이 훌쩍 지나 변한 듯 변하지 않은 동기들의 얼굴들을 곱씹어 보는 재미가 크다.

얼굴과 풍채가 변하여 얼른 알아차리지 못하고 때 묻은 졸업앨범을 펴서 살펴야 하는 경우가 있다. 예전 젊은 시절의 얼굴 모습이 어렴풋이 남아 있는 경우 기억을 되살려 이름을 찾을 때도 있다. 지난 세월의 영향 하나 없이 얼굴을 보는 순간 그의 이름이 반사적으로 떠오르는 경우도 물론 있다. 그들에게 비치는 나의 얼굴은 어떠할까 궁금하기도 하다.

일전에 SNS로 올라온 몇몇 동기들의 회식하는 사진을 보고 이렇게 응답한 적이 있다. '왼쪽부터 철수, 달수, 옹수, 명수… 만나서 반가워요, 얼굴들이 건강해 보이네요…' 그런데 얼마 후에 어느 동기 한 사람이 나에게 댓글을 남겼다. '이름이 틀린 것 같네요.' 나름 큰 용기를 내어 응답하였는데 실수가 생겨서 굉장히 미안하였다. 그다음부터 이름을 불러가며 응답하기를 포기하였으나 앨범을 찾는 일은 더 많아졌다.

사람의 얼굴은 생물학적인 구조이지만 여느 동물과 달리 사회학적인 진화를 많이 하였다고 한다. 얼굴은 감정 표현이 매우 다양, 섬세하고 또 뇌는 이를 아는 인지적 능력이 크게 발달했다고 한다. 어느 서양의 학자는 '얼굴이 마음의 거울'이라는 옛말을 진화론적으로 증명하려고 했다 한다. 우리는 살면서 타인의 얼굴은 자주 보곤 하지만 정작 자신의 얼굴을 마음에 담아 보기가 쉽지 않다. 세월 따라 변한 타인의 얼굴들은 보는데 그동안 변한 자신의 얼굴을 마음에 담아 보기는 쉽지 않다.

요사이 나는 SNS가 전해주는 동기들의 얼굴 선물을 많이 받고 있다. 30년을 훌쩍 넘는 시간 흐름 속에서 변해가는 얼굴을 보면서 성숙한 마음의 변화 또한 바라본다. 지구 반대편만큼 공간을 두고도 변치 않으려는 마음을 얼굴에 담아 SNS에 올려보기를 바라본다. 하지만 열정적이었던 젊은 시절 내 얼굴은 어느새 기억 속에서만 남아 있으려고 한다. 또한 멋져 보이던 젊은 시절의 아내 얼굴은 어느새 기억 속에서만 남아 있으려고 한다.

주름 많은 내 얼굴이 전해주고픈 따뜻한 이야기들이 쌓여가는 마음의 얼굴 되기를 바라본다. 흰 머리카락 많아지는 내 얼굴에도 아팠던 지난 감정들이 웃음으로 변해가기를 바라본다. 누군가의 얼굴들이 그리워지는 시간이 조금 더 많아지면 좋겠다. 누군가의 얼굴들이 전해주는 마음의 이야기들에 귀 기울이는 시간이 조금 더 많아지면 좋겠다.

The face

I have an App called 'BAND' that I use for staying connected with my college classmates. For the past few years, I have been busy living outside of Korea, but early this year, I was introduced to the App through a classmate who is in charge of the alumni group. After signing up for the first time, I have been enjoying other classmates' stories that get posted on the App. 30 years have passed since we all graduated, but there is joy in looking back and seeing how they changed or not after all these years.

There are some classmates I did not notice at first because they changed in appearance so much; I had to look them up in the graduation album. In some cases, the face might be familiar, but I had to think hard to remember back their names. Of course, there are classmates that I glance once, and exactly know who they are and what their name is. I'm also curious how I look to them.

The other day, when I saw a picture of some of them having dining together on social media, I responded like this.

'From the left, Cheol-su, Dal-su, Ong-su, Myung-su··· Nice to see you again, you all look healthy···.' After a while, a classmate left me a comment. 'It looks like the names are wrong.' I was very confident listing out their names, but I felt bad for getting them wrong. After that, I gave up listing their names out, but I spent more time looking them up in the graduation album.

Although the human face is a biological structure, it is said that unlike other animals, it has undergone a lot of sociological evolution. The face is very diverse and delicate in expressing emotions, and the brain is said to have greatly developed cognitive ability to know it. A western scholar tried to prove an old saying that 'a face is a mirror of the mind' through the evolution theory. In our lives, we often see the faces of others, but it is not easy to see our own faces in our hearts. I see the faces of others that have changed over the years, but it is not easy to see the face of myself that have changed in the meantime.

These days, I receive a lot of gifts; my classmates' faces through social media. Looking at the faces that have changed over the past 30 years, I assume their minds to have matured as well. Even though I may physically be halfway around the world, I look forward to posting my pictures to reflect on my face that nothing has changed in my heart. But my face from youth filled with passion is trying to remain only in my memories. Also, my wife's face from her gorgeous youth is trying to remain only in my memories.

I hope that my wrinkled face can one day be a face that tells and reflects my heart where warming stories add up as time goes. I hope the gray hairs on my head can change past feelings of sorrow into laughter. I hope to have more time to miss someone's face. It would be nice to have more time to listen to others' stories through their faces.

인생 지우개

며칠 전 내가 친하게 지내고 있는 지인 한 분이 만 60세 생일인 회갑(환갑)을 맞이하였다. 십여 년 전만 해도 회갑은 집안과 동네에서 잔치할 정도로 큰 경사였지만 지금은 전혀 그렇지 않다. 내가 사는 미국 한인사회에서도 회갑은 한국의 경우처럼 전혀 경사스럽지 않다.

그는 아내 그리고 같이 사는 작은아들과 함께 그저 조금 걸게 차린 저녁 식사로 회갑연을 대신했다. 부부가 함께 운영하는 가게 일을 마친 후 마트에서 잡채며 조금 특별한 음식을 사서 회갑연을 하였다. 사는 게 그리 유별나지도 그리 모자라지도 않은 채 살아가는 여느 보통 사람인 그가 맞은 회갑이었다.

회갑(환갑)은 육십갑자(六十甲子)로 계산하는 나이 셈법에서 태어난 해와 같은 이름으로 시작하는 해이다. 자료에 따르면 20세기 초까지만 해도 한국 사람들의 평균수명이 45세 전후였다고 한다. 한국전쟁 이후 경제개발을 시작하던 1960년대 초반의 평균수명이 약 55세였다. 경제발전과 함께 점점 늘어난 평균수명은 어느 사이 82세를 넘었고 이는 미국보다 높다고 한다. 현재의 한국인은 거의 모두 회갑을 맞이하며 회갑 후에도 보통 20년을 넘게 산다고 한다.

100여 년 전만 해도 전라도 해안지방에서 사는 남자는 50세 생일을 맞아 동네 잔칫상을 받았다 한다. 어려서부터 고기잡이배를 타며 위험한 생활을 해야 하는 남자의 50세 생일상은 하늘 복과 다름없다. 또한, 60세가 되어 회갑을 맞은 후 세상을 떠나면 호상(好喪)이라 하여 마을잔치 같은 장례식을 치른다.

오래 살고 싶다는 바람은 인류 역사 이래로 모든 이의 한결같은 꿈인 것에는 틀림이 없을 것이다. 한국인 평균수명이 80세를 넘긴 오늘도 너나 할 것 없이 오래 살고 싶은 마음은 한결같을 것이다. 그저 오래 사는 것에 더하여 조금은 의미 있고 조금은 가치 있게 살고픈 바람이 마음 한쪽에 있을 것이다.

나는 가끔 인생을 그림 작품에 비추어 보기를 좋아한다. 누구나 태어나면서 가지게 되는 아무것도 그려지지 않은 하얀 백색의 인생 캔버스가 있다. 인생이란 빈 캔버스에 위에 생의 의미와 가치를 스케치하고 색을 입히며 인생 작품을 만드는 것일 거다.

회갑을 몇 해 남겨 둔 내 인생 캔버스에 지금껏 그려온 생의 그림들은 얼마나 또 어떻게 그려져 있을까? 어떤 이들은 유명 화가의 걸작품 같은 멋진 인생 그림을 만들었을 것이다. 또 어떤 이들은 못다 그린 인생 그림들 사이사이로 백색의 빈자리들이 있을 수도 일을 터이다. 또 어떤 이들은 멋지게 보이는 인생 스케치만을 남긴 채 백발을 앞에 두고 있을지도 모른다. 그리 크지 않은 내 인생 캔버스에는 연결성 없어 보이는 수많은 그림이 여기저기에 흩어져 있다.

젊어 쉼 없이 달리며 무엇에나 땀 흘리려 했던 시절이 내 인생 캔버스에 빈 곳 하나 없게 한 모양이다. 가까이서 보면 꽤 괜찮은 한 무리의 인생 그림들이 곳곳에 보이긴 하지만 떨어져 보면 알 수 없는 의미들. 직장 일로 1, 2년마다 도망치듯 이삿짐을 챙기었고 나의 직업은 5개나 되고 아내의 직업은 9개나 된다. 꿈 많던 유년 시절의 인생 그림들은 인생 캔버스 한구석에서 깨알보다 작아져 눈길도 닿지 않은 채 있다. 젊어 직장에서 날갯짓하던 인생 그림들은 덧칠 뒤에 숨어서 어느새 보이지 않으려 한다.

돌아다보는 내 인생 캔버스엔 수많은 인생 그림들이 의미 없이 그저 남아 있는 느낌이다. 그것도 빈 곳 하나 없이. 새로운 인생 그림을 그릴 여백이 하나도 남아 있지 않다. 인생 지우개. 내 인생 캔버스에 그려진 내 인생 그림들을 지우는 인생 지우개를 생각한다. 그래서 작을지는 몰라도 남은 인생 그림을 그려 채울 수 있는 얼마간의 빈 인생 캔버스를 만들고 싶다.

인생 지우개로 긴 세월 그려 나온 인생 그림들 얼마를 지우려고 합니다. 가족에 대한 책임을 다하지 않았던 나의 아버지가 남긴 내 인생 그림을 이제 지웁니다. 가난한 어린 시절 동네 어귀 골목에서 친

구가 준 박하사탕 하나에 남겨진 내 인생 그림을 이제 지웁니다. 형들로부터 대물림 받은 교복이 몸에 맞지 않아 허리춤 움켜잡고 학교 가던 인생 그림을 이제 지웁니다. '덕분에' 인생 그림들은 남기고 '때문에' 인생 그림들은 이제 인생 지우개로 지우려고 합니다.

몇 해 후면 나도 회갑을 맞이한다. 지금부터 나는 인생 지우개를 갖고서 지나온 인생 그림들 얼마를 지우려 할지 모른다. 내가 회갑이 될 때는 내 인생 캔버스엔 얼마간의 빈 곳이 생길지 모른다. 내 인생 지우개가 만들어준 인생 캔버스의 빈 곳에서 나는 새로운 인생 그림들을 그리고 싶다.

부모라는 항구, 자녀라는 배, 인생이란 항해

Life eraser

A few days ago, a friend of mine had his 60th birthday. Just over a decade ago, the 60th birthday in Korea was a big event to have a feast with the family and neighbors, but not anymore. Even in the Korean community where I live, the 60th birthday is not as joyful like how it is in Korea now.

He had his 60th birthday by having a little special dinner with his wife and younger son who lived with him. After finishing work at the store run by the couple, they bought some special food at the market and had a 60th birthday. It seems to have been a 60th birthday that was simple and not too outside of ordinary life for them.

The 60th birthday is a year that begins with the same name as the year we were born in, which is calculated in Yuk-Sip-Gap-Ja (sexagenary cycle). (*The sexagenary cycle, based upon 10 Heavenly Stems and 12 Earthly Branches, is a cycle of sixty terms used for reckoning time.) According to data, until the beginning of the 20th century, the average life span of Koreans was around 45 years old. In the early 1960s, when economic development began after the Korean War, the average life span was about 55 years old. It is said that the average life expectancy that has gradually increased with economic development has already exceeded the age of 82, which is higher than that of the United States. Today, almost all Koreans celebrate their 60th birthday, and it is said that they usually live more than 20 years after their 60th birthday.

About 100 years ago, a man living in the coastal region of Jeolla Province would receive a community-level feast on his 50th birthday. The 50th birthday feast of a man who had to live a dangerous life while riding a fishing boat from an early age is nothing less than a heavenly blessing. In addition, when they have passed away after the age of 60, they are called 'hosang' and people would hold a village-feast-like funeral.

There is no doubt that the desire to live longer has been the constant dream of everyone since human history has started. Even today when the average life span of Koreans is over 80, we would have the same desire to live a longer time. In addition to just living for a long time, the desire to live a little more meaningful and worthwhile would be also on our mind.

Sometimes I like to think that life is like a painting. There is an unpainted white canvas of life that everyone has when he/she is born. Living is like sketching the meaning and value of life on an empty canvas, painting it with colors, and creating an artwork.

With my 60th birthday coming up soon, how is my painted canvas of life so far? Some may have created a wonderful artwork of life that resembles the work of famous painters. Others might have some white empty spots between the pictures of life that they have not drawn in yet. Also, some might only have a great sketch even though they are getting old. On the canvas of my life, which is not so big, there are so many different images scattered all over the place that seem unconnected.

It seems that the days when I was younger, never tired and working hard for the best results on anything left no empty space on my life canvas. When looking up close, you see a bunch of good drawings here and there, but from a far, it's hard to see what they mean. As if I was running away, I had to move every 1-2 years due to work. So far, I've had 5 different jobs, and my wife has had 9. The drawings from childhood full of dreams are now smaller than a sesame seed in the corner of my life canvas and it is left untouched. The drawing of my younger working days has been hidden by the other overlaid paintwork and now it is hard to see.

As I look back on my life canvas, I feel like a lot of drawings on it remain meaningless. A lot of meaningless drawings without a single empty space as well. It leaves no space to draw any new things. Life eraser. I Imagine a life eraser that could remove the drawings I have on my life canvas. Although it may be small, I want to make some empty spaces on my life canvas that I could fill in with the rest of my life.

I am trying to erase some of my past that has remained on the canvas for a while. I now erase the drawing of my life left by my father who did not fulfill his responsibilities for his family. I now erase the drawing of my life left in a mint candy that my friend gave at the corner of a little street when I was little and poor. I now erase the drawing of my life when I had to wear the unfitting uniform that were my brother's to school. The uniform was so big I had to grab onto the side and make sure it didn't fall as I walked to school. I'm going to keep the drawing of my life made 'by the help of others,' and erase the drawing of my life made 'because of others' with a life eraser.

In a few years, I will also be celebrating my 60th birthday. From now, I will try to erase some of the drawings on the life canvas with my life eraser. When I have my 60th birthday, there might be some empty spaces on my life canvas. In the empty space of my life canvas created by my life eraser, I want to draw my life going forward.

조 (예비역)대령께

댈러스 심정인입니다.

얼마 전 아침에 전화로 조 대령의 근황을 듣고 시간을 내어 우리네 요즘 삶에 대해 잠시 생각했네요. 오늘은 저녁 근무조로 일하는 날이라 밤 10시에 매장 문을 닫고서 집에 왔습니다. 신변 정리를 마치고 냉커피 한 잔을 만들어 나의 작은 서재 책상에서 편지글 하나를 써 봅니다. 아내와 작은딸은 벌써 잠들어 있고 더운 여름날을 알리는 에어컨만이 소리를 내며 나를 반깁니다.

요사이는 인터넷에서 책을 읽어 주는 웹사이트에 귀를 여는 시간이 많아지고 있습니다. 또한 철학과 인문학 강연에도 때맞추어 눈과 귀를 가까이하고 있습니다. 우리 나이쯤 되고 나니 귀가 부드러워진다는 공자의 깊이 있는 가르침을 마음으로 느끼고 있습니다. 조 대령이 가졌던 직장에 대한 그동안의 힘들었던 마음에 많은 이해와 위안을 주려고 합니다. 군인으로 30년 넘게 지내다 50대 후반 처음 접하는 민간사회 직장문화가 충격적일 수 있을 거라 여깁니다. 그동안 즐겁지 않았던 굴레를 벗어나는 심정으로 직업의 방향을 바꾼 용기에 큰 믿음과 기대를 더 합니다.

우리에게는 치열하게 살면서도 나보다 가족을, 나보다 남들을 먼저 생각하던 시절이 있었지요. 하얘진 머리카락과 주름진 얼굴을 보면서도 친구 하자고 다가오는 황혼 세월을 애써 외면하고 있었지요. 재수 없으면 150살까지 산다고 하면서 노년의 삶에 때 이른 먹구름을 드리우는 세월 예보자들도 봅니다. 그럼에도 불구하고 우리는 이제 생로병사의 인생사를 긍정하고 감사하게 받으려는 마음을 가져 봅니다. 조 대령 부부께 그런 마음에 관한 이야기를 정성에 담아 전하고 싶습니다.

〈며칠 뒤〉

오늘은 근무를 쉬는 날입니다. 집사람도 보통은 함께 쉬는 날인데 회사 사정으로 근무를 한다고 합니다. 아침 5시 반에 일어나 집사람을 직장까지 데려다주었습니다. 집에 돌아와서는 따뜻한 커피 한 잔을 만들어 아침 산책을 하였습니다. 간만에 하는 아침 산책에서도 조 대령 부부에 대한 생각이 났습니다.

되돌아보면 우리는 꽤 땀 흘리며 열심히 살아온 것을 자신 있게 말할 수 있을 터입니다. 우리 자신만 빼고는 무언가를 위하여 열정적으로 살아온 것을 자신 있게 말할 수 있을 터입니다. 우리의 인생길 위에서 가속페달만 열심히 밟으며 달려온 것을 자신 있게 말할 수 있을 터입니다. 일하지 않으면서 먹을 것을 구하려 한 적은 한 번도 없었음을 자신 있게 말할 수 있을 터입니다.

우리는 이렇게 살아오면서 우리가 모르는 사이에 세상을 보는 안경 하나를 가지게 되었습니다. 그 안경은 우리 자신만을 빼고 세상을 바라보는 또 다른 눈이 되어 우리 앞에 있습니다. 세월이 흐르면서 우리는 가끔 그 안경의 무게를 느끼는 때가 있었을지도 모릅니다. 그래도 그 안경을 벗지 못하고 다시금 걷어 올려 우리 인생의 눈 더 가까이에 올려다 놓았습니다. 이제는 그 안경을 내리고 우리 인생에서 새악시 선보는 마음으로 우리 자신을 볼 때가 되었나 봅니다.

나도 아내와 함께 우리 자신을 자주 돌아다보려고 노력하고 있습니다. 조 대령과 당신의 부인도 가치 있는 자신에 대한 예전의 모습을 되찾으려는 노력이 있기를 바랍니다. 나와 아내가 이런 생각을 조금 먼저 했다고 여겨주리라 믿고 그 경험을 전해 봅니다.

조 대령은 당신 부인과 함께 지내며 대화하는 시간이 예전보다 훨씬 많아지면 좋겠습니다. 하루를 보내며 하는 대화는 잔잔한 물가에서의 휴식 같은 여유로움을 전해 줄 수 있습니다. 조 대령이 당신의 부인과 함께 할 수 있는 취미생활이 예전보다 훨씬 많아지면 좋겠습니다. 나와 아내는 매주 월요일이 함께 쉬는 날이고 이날이 되면 골프 운동을 함께 합니다.

또한 가족이 모두 함께 식사하는 기회를 자주 그리고 정기적으로 가지질 수 있으면 좋겠습니다. 나는 큰딸이 법학대학원에 있을 때 큰딸의 식자재를 배달하면서 가족 식사를 함께한 기억이 많이 있습니다. 가족이 함께 웃으며 하는 식사가 건강한 식사 중에 으뜸이라 항상 믿고 있습니다. 이를 위해 이제는 조 대령의 남다른 노력이 필요할지 모릅니다.

우리 집 방문을 위한 미국 여행은 언제나 환영입니다. 조 대령과 당신 부인의 즐겁고 멋지며 웃음이 많은 하루하루가 되기를 응원하면서 이만 줄입니다.

미국 댈러스에서 심정인 보냄.

To Colonel Cho (Retired)

This is Jung-In Shim from Dallas.

Not long ago, I had the chance to listen to your current situation over the phone, and I briefly thought about our lives these days. Today is the evening shift, so I closed the store at 10 pm and came home. After tidying up, I make a cup of cold coffee and write a letter to you on the small desk in my reading room. My wife and my younger daughter are already asleep, and only the noise from the air conditioner greets me reminding me of the hot summer days.

Recently, I've been listening keenly to online audiobooks. In addition, I've been dedicating time periodically to watch lectures on philosophy and humanities. I've come to truly understand with my heart the deep teaching of Confucius that our ears become softer with age. I would like to extend comfort and understanding to the inner turmoil you've had concerning your new job. I guess having served as a military officer for more than 30 years, it could be shocking transitioning to your first civilian job in your late 50s. I have great faith and anticipation that the courage you have shown in shifting your career path will break you out of the unpleasant cycle you felt stuck in.

There were times when we lived fiercely, but thought of our families and others before ourselves. Even knowing our hair became gray and our face was getting wrinkled, we were trying hard to ignore the approaching twilight time in life. With the comment that we might live until the age of 150 if we are unlucky, some people also cast premature dark clouds over the life of old age. Nevertheless, as we get older, we now have a heart to affirm and receive gratitude for the four stages of life: Birth, Old age, Sickness, and Death. I would like to earnestly and deeply share these feeling to you and your wife.

<A few days later>

Today is my day off from work. My wife is usually off with me, but she says that she needs to work today. I woke up at 5:30 in the morning and gave my wife a ride to work. When I got home, I made a cup of hot coffee and took a morning walk. Even during the early morning walk, I thought about you and your wife.

Looking back, we can confidently say that we worked hard. We can confidently say that we lived passionately for something even if that wasn't for ourselves. We can confidently say that we've been stepping on the gas pedal throughout our lives. We can confidently say that we have never tried to get food without working.

During the course of our lives, we have unknowingly gotten a new pair of glasses through which we see the world.

These glasses give us a perspective on a world but not ourselves. Over the years, we may have felt the weight of those glasses sometimes. Still, we couldn't take them off, but rather put them on closer to look more intently through them. Maybe it's now time to put those glasses down and look at ourselves in a new light and mindset.

My wife and I are also trying to look back on ourselves often. We hope that you and your wife will also make an effort to regain your former self-worth. I believe you agreed that my wife and I came to this realization a little sooner, and would like to share our experience.

I wish you would spend a lot more time in conversation with

your wife. Conversations in our daily life can give us a sense of mellowness, such as relaxing next to a calm body of water. I wish you could have more hobbies with your wife. My wife and I have every Monday off, so we play golf together.

I would also like you to have frequent and regular opportunities to share a meal with your family. I have many memories of having a meal with my family when my older daughter was in law school while I'd deliver groceries and food for her. I always believe that a meal enjoyed by the family with lots of laughter is the best and healthiest meal. This may now require an extraordinary effort on your end, Colonel Cho.

A trip to the United States to visit my home is always welcome. Best wishes to you and your wife that you have a fun, wonderful, and joyful life full of laughter every day.

Jung-In Shim from Dallas, USA

대
화

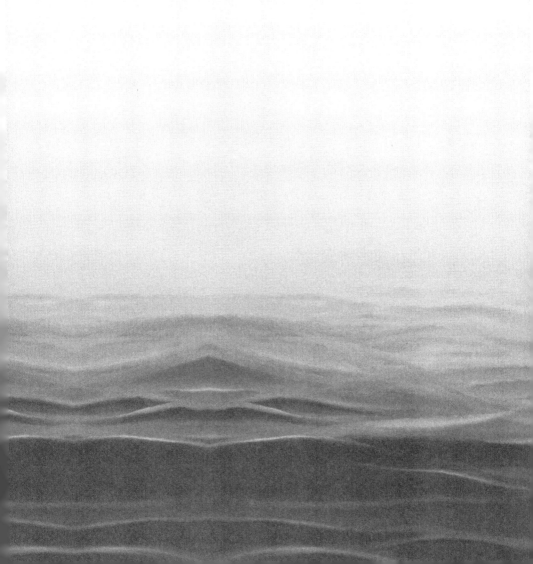

커피와 음악

　나의 직장 일은 오후부터 시작하는 경우가 많다. 그런 날에는 아침나절의 시간이 귀하고도 여유로울 때가 많다. 정원의 잔디에 물 주고 부엌이며 집안을 정리하고 나면 한두 시간의 여유로움을 가질 수 있다. 그 여유로움은 음악을 들으며 커피 한 잔을 만들면서 시작된다.

　가게에서 산 볶은 원두를 직접 갈아서 커피를 만든다. 잘 갈아진 커피 가루 한술을 떠서 코끝에서 향을 맡아본다. 오늘은 헤이즐넛 향이 특히 진하다. 어떤 날에는 초콜릿 향도 특별하게 좋다. 음악은 그사이에도 흘러 귀를 부드럽게 하고 또한 마음을 편하게 해준다. 기타와 첼로가 함께 연주하는 어느 곡에 헤이즐넛 향의 커피가 덧실려 오감에서 그 맛들이 보인다.

　대학 시절에 처음 맛본 원두커피의 추억은 잊을 수 없다. 서울 남산 어디엔가에 있던 큰 호텔 커피숍일 게다. 실내를 가득 채운 음악과 커피 향 그리고 여기저기에서 들여오는 사람들의 담소는 고향을 떠나 상경하여 유학을 시작하던 어느 청년에겐 멋진 젊은 날의 시작종이 되기에 충분했다. 그러나 그 후로 커피와 음악은 내 젊음의 태양만을 담지는 않았다.

직장을 다니면서 커피 한 잔에 담았던 내 삶의 스트레스는 얼마나 되었는지 짐작도 어렵다. 청소년 시기에 좋아하던 기타 연주 한 번 못 해보고 지낸 시절이 얼마나 길었는지 짐작도 어렵다. 한 잔 술에 냉 가슴 달래며 하루해와 작별하던 그때는 언제나 반쯤 감긴 눈과 마음에 미안도 했다. 좋아하는 노래 한 소절은 뒤로 감추고 마음 없이 불러야 했던 그 많던 노래들은 아직도 아른거린다.

60 나이 앞에 선 지금 인생 가면을 하나둘씩 내려놓으며 나의 진솔한 인생 얼굴을 찾아볼 수 있을까. 이제 더는 삶의 스트레스가 없어도 되는 커피 한 잔을 마실 수 있을까. 이제는 내가 좋아하는 노래한 소절을 마음에 담아 부를 수 있을까. 작은 행복이 담긴 커피 한잔과 음악 한 소절을 만나는 기쁨이 그리 멀리 있는 것일까.

올해 초부터 유행하고 있는 코로나 대유행으로 몸과 마음이 어렵고 힘든 시기이다. 내가 사는 미국 텍사스주 댈러스 광역도시는 특별히 심하다고 한다. 아내와 나는 직장 특성상 불특정한 다수의 사람을 만나야 한다. 한국에 있는 친지들이 보내주는 마스크를 2개씩 겹쳐 쓰고 직장 일을 한다.

언젠가 내 삶의 스트레스가 더는 없다면 그것은 아마도 가장 심한 거짓말일 게다. 작은 바람 하나 있다면 마시는 커피 한 잔에 이제는 더는 삶의 스트레스를 담지 않으면 좋겠다. 어느 날 어느 장소에서라도 내 마음이 닿는 대로 콧노래 하나 흥얼거릴 수 있으면 좋겠다. 늦은 밤 조용한 불빛 아래서 헤이즐넛 향이 나는 커피 한 잔에 기타와 첼로가 연주하는 음악을 들으며 책 한 소절 읽거나 글 한 소절 쓸 수 있으면 좋겠다.

하루 동안 일을 한 아내는 먼저 잠든 지 오래되었고 간간이 코 고는 소리가 방문 너머 들린다. 집을 떠난 딸들은 가끔 카톡 문자로 하루 인사를 대신한다. '아빠, 안녕히 주무세요…."

지나온 인생길을 잠시 돌아다본다. 지나온 인생길 여기저기에 있던 인생의 텅 빈 간이 정거장들을 본다. 인생의 커피와 음악을 작은 기억 상자에 담아 간이 정거장들에 들러 한구석으로 놓아둔다. 옛적 시골 다방 아가씨 품속 분홍 보자기에 담긴 커피 내리듯 추억을 담아 놓아둔다.

아내와 처음 만났던 속초 바닷가 어느 카페의 커피와 음악은 문밖 파도 소리와 함께 했었다. 아내와 연애 중에 가던 이태원 카페의 커피와 음악은 지방에서 지내던 어느 청년에겐 클래스가 달랐다. 내 인생의 커피와 음악을 기억 상자에 담아 보는 일이 전보다 많아지면 좋겠다.

Coffee and music

My work shift often starts in the afternoon. On such days, there are many times when the morning hours are precious and leisurely. After watering the turf in the yard and cleaning the house including the kitchen, I can relax for an hour or two. That relaxation begins with making a cup of coffee while listening to music.

The coffee is made by grinding the whole beans bought at the store. I take a spoonful of ground coffee beans and sniff the scent at the tip of the nose. Today, scent of hazelnut is particularly strong. On some days, scent of chocolate is especially good. Music flows at the same time, softening my ears and relaxing my mind. Hazelnut-flavored coffee is added to the sound of music played by a guitar and a cello, and the taste becomes real in all senses of the body.

I can't forget the first time I tasted coffee in college. It must have been a large hotel coffee shop somewhere in Namsan, Seoul. (*Namsam(Mt.) is the largest park in Seoul, the capital of Korea, and popular for hiking trails, tourist attractions, and panoramic views of downtown Seoul.) The music, the smell of coffee, and the chatter of people from here and there filled the hall. And for a young man who left his hometown and started studying abroad in Seoul, it was enough to become the starting bell of a wonderful and youthful day. But after that, coffee and music didn't just capture the bright side of my youth.

It's hard to imagine the amount of stress I put in one cup of coffee while I was working. It's hard to imagine the last time I played the guitar which I loved to back when I was a teenager. As I got stressed and ended my days with a glass of alcohol, I always felt sorry for my half-closed eyes and heart. I still think of the songs I was forced to sing at the karaoke with my bosses and associates after work.

Now that I'm close to becoming 60, could I put down the multiple faces I carried and find my truce face? Could I drink a cup of coffee without any stress in life now? Could I now sing a verse of my favorite song with all my heart? Would the joy of having a little happiness in a cup of coffee with a piece of music be far away?

This year has been a difficult time for both the mind and body as we all go through the coronavirus pandemic. The metropolitan city of Dallas, Texas, where I live, is said to be particularly severe. My wife and I see many strangers at work. I got some face masks from the relatives in Korea, and my wife and I wear two face masks on top of each other as we work.

If one day I no longer have stress in life, that's probably the worst lie. If there is one small wish, I hope that the stress from life will no longer be included in the cup of coffee I drink. It would be nice if one day, at anywhere, I could sing a hum as my heart allows. I wish I could read a chapter of a book or write a line while listening to music played by the guitar and cello with a cup of hazelnut-scented coffee in the quiet light late at night.

My wife, having worked all day, fell asleep a while back, and her snoring occasionally can be heard over the door. Daughters who live away from home sometimes send a text message through the cell phone. 'Dad, have a good night⋯."

I take a moment to look back on my life. I see the empty bus-stops here and there on my life that I've passed through. I stop by each of the bus stops, and put down a small memory box with a cup of coffee and music of life. I put down a memory like a coffee in the coffee pot wrapped in pink furoshiki, that an employee brews at an old-fashioned and country-side coffee shop.

Coffee and music at a cafe on the beach in Sokcho, where I first met my wife, were accompanied by the sound of waves outside the door. (*Sokcho is one of the most beautiful seaside cities in Korea.) The coffee and music at the cafe in Itaewon, which I went to while dating my wife, was a whole new world for me from the countryside. (*Itaewon is a multicultural tourism area most visited by foreigners in Seoul, the capital of Korea.) I wish I could have more coffee and music in my life's memory box going forward.

철학자와 나

더운 여름이 지나고 선선해진 날씨 덕분에 요사이 아침 산책이 주는 기쁨이 더 커진 느낌이다. 아내와 함께 산책하는 동안에 볼 수 있는 해 뜨는 광경은 언제나 나에게 좋은 기운을 선물해 준다. 아내의 직장 출근 시간에 조금 여유가 생기면서 아침 식사를 아내와 같이하는 날도 생겼다. 그러고 보니 내가 바빴던 지난 시절에 아내와 같이한 아침 식사가 그리 많았다는 기억은 없다. 하기야 그때 그 시절에는 또래의 대부분 사람이 그러했을 것이다.

아침 해를 보면서 정원의 나무와 잔디에 물을 주는 사이 아내는 출근한다. 정원에 물을 주고 출근 배웅을 하고 나서 커피 한 잔을 만들어 정원에 있는 작은 식탁에 앉았다. 노트북을 열어 오랜만에 글을 쓴다. 지난 반년여 동안 몇 권의 책을 읽느라 글쓰기를 잠시 중단하였다.

한 철학자가 쓴 철학 서적 다섯 권을 연속해서 보았다. 이해하기 어려운 부분을 건너뛰면서 읽었어도 나에겐 쉽지 않았던 그 기억은 오래 남을 것 같다. 역사와 인생을 재조명하는 시간 사이사이에도 집 청소, 설거지, 정원관리를 해야 했다. 자신의 평생을 바쳐 이룩한 그 철학자의 사상에 전적인 인정과 동의를 하면서도, 나에게 지금의 집 청소, 설거지, 정원관리가 더 가깝고 중요한 것은 아마 내가 보통 사람인 때문일 거다.

그는 불운하고 척박했던 자신의 삶을 온몸으로 극복하면서 역사를 관철하는 철학 사상을 세웠다. 나와 같은 후대의 많은 사람은 그의 철학 사상에 크게 동의하였으며 지금도 동의하고 있으며, 인류 근현 대사회의 많은 사상적, 정신적 발전이 그의 영향에 힘입은 바가 크다. 그는 인생의 주된 가치를 현실에 두고자 했으며 '자신의 인생에 대한 강한 자기 긍정'을 설파하였다.

보통 사람인 내가 그의 철학 사상에 동의하지만 살아온 지난날들 동안 그의 사상을 얼마나 실천했을까.

부끄럽게도 그리 많지 않았다. 왜냐하면 지금껏 맞이한 내 삶의 굴레들을 자기 긍정으로 받아들인 경우가 그리 많지 않았기 때문이다. 여전히 가슴에 두고 있는 격언 같은 말이 생각난다. '실천은 이해보다 어렵다.'

지난날 월세 아파트에 살면서 꿈꾸었던 단독주택에서의 생활은 그 당시에는 하나의 큰 희망이었다. 몇 해 전 단독주택으로 이사하면서 벅찼던 마음은 얼마 지나지 않아 적잖은 육체노동을 불러왔다. 집 청소, 해충박멸 등 주택관리, 잔디 깎기 등 정원관리는 어느 순간엔 힘에 거울 때가 있었다. 집 밖엔 해충들이 여전하고 관리 부실로 죽어가는 잔디들이 생기는 것을 볼 때는 힘이 빠지기도 했다. 평생을 고독과 병마로 고생하였던 그 철학자도 어느 정도 지금의 나를 위로했을는지도 모른다.

지난 몇 달간에 걸쳐 어느 철학자가 쓴 철학 서적 몇 권을 읽었다. 직장을 다니면서 집 청소, 설거지, 그리고 잔디 깎기 등을 하는 동안에 그의 책들을 보았다. 그 철학자는 나에게 자주 이런 말을 되풀이하며 전하고 있다. '너의 운명을 사랑하라 (Amor Fati).', '작은 것이 너의 최상의 행복을 만든다.', '멋진 인생을 만드는 첫걸음은 바로 자신을 존경하는 것이다.', '괴물과 싸우는 사람은 스스로 괴물이 되지 않도록 조심해야 한다.'

나는 지난 몇 달 동안 그 철학자와 밤마다 대화하였다. 그에게서 배우고 또 그에게 설익은 질문도 하였다.

나중엔 내 삶에 대해 고백도 하게 되었다. "…제가 지금껏 살아 보니 '이해'는 내 인생보다 저만치 앞서가고 있는데, '실천'은 항상 내 인생 뒤에서 끌려오고 있는 것을 보아야 했습니다. 이제 남은 내 인생은 '이해'와 '실천'을 어깨동무하고 가면 좋겠습니다…"

그 철학자의 이름은 '프리드리히 니체'이다.

A philosopher and I

Thanks to the cool weather after the hot summer, taking morning walks seem to give me more joy these days. The sunrise I see during the walk with my wife always gives me good energy. Since she has more extra time these days before work in the morning, I am able to enjoy breakfast with her. Come to think of it, I don't have many memories of having breakfast with her, in the past when I was busy. At that time, most people (in Korea) my age would have been like that.

While I watch the morning sun and water the backyard, my wife goes to work. After I water the lawn and send her off to work, I make a cup of coffee and sit at a small table in the backyard. I open up my laptop to write for the first time in a while. I have stopped writing for the past 6 months since I was focused on reading several books.

I read five books straight from the same philosopher. Even

though I skipped the difficult parts, the struggles of reading these difficult books will be remembered for quite some time. Between times of re-examining history and life, I had to do house cleaning, washing dishes, and garden management, etc. While fully acknowledging and agreeing with the philosopher's idea in his books, I feel more attached doing house chores and the need to do so probably since I am an ordinary person.

He overcame his unfortunate and barren life with everything he had and established a philosophical idea that carried through history. Later generations like me greatly agreed and still agree with his philosophy, and many of the ideological and spiritual developments of the modern society of mankind were greatly influenced by his idea. He tried to put the main value of life in reality and preached 'strong self-affirmation in one's own life.'

As an ordinary person, I agree with his philosophical thoughts, but I wonder how much I actually practiced his idea in the past days. Shamefully, there weren't many. That's because there weren't many cases so far where I accepted the bridle of my life as self-affirmation. I think of an aphorism that I kept in my heart. 'Practice is harder than understanding.'

Living in rental apartments and dreaming of one day purchasing a house was a big hope at the time. When I finally moved into a house a few years ago, my heart was overwhelmed, but wasn't long until I was faced with a lot of manual labor for the house. House chores such as house cleaning, pest control, and garden management all sometimes felt like too to handle. When I saw pests coming back and the grass dying due to poor management, I lost my motivation. The philosopher, who had suffered from solitude and sickness all his life, may have comforted me to some extent.

Over the past few months, I have read several philosophical books written by the same philosopher. With a full time job at the company, I read his books while cleaning the house, washing dishes, and mowing the lawn.

The philosopher tells me this over and over again. 'Love your fate (Amor Fati)', 'Little things will make your best happiness', 'The first step to making a wonderful life is to respect yourself', 'People who fight monsters must be careful not to become monsters themselves.'

I have had nightly conversations with the philosopher over the past couple of months. I learned from him and also asked some unripe questions to him. Later I started confessing about my life. "…As I lived so far, 'Understanding' is far ahead of my life, but I had to see that 'Practice' is always being dragged behind my life. I would like to bring 'Understanding' and 'Practice' alongside me as I move forward in life…."

The name of the philosopher is 'Friedrich Nietzsche.'

도덕의 과거, 현재
그리고 미래

　도덕(도덕 기준)이란 사람 자신과 사회의 생존, 이익, 가치, 만족 등의 정도를 결정하는 기준을 말한다. 그러한 기준에 맞는 언행에 대하여 우리는 도덕적이라 하며 그 반대의 경우 부도덕, 비도덕이라 한다. 개인적 도덕 기준은 사회적 도덕 기준과 일치하는 경우가 많지만 그렇지 않은 경우도 있다. 국가 사회적 도덕교육은 개인적 도덕 기준과 사회적 도덕 기준의 일치함에 주된 목표를 두고 있다.

　한 가난한 젊은 사람이 길에서 돈과 신분증이 든 지갑 하나를 주운 경우의 예를 들어 보자. 그는 자신이 돈을 가지는 대신에 신분증이 든 지갑은 경찰에 신고하여 주인에게 돌려주려는 도덕 기준을 가질 수 있다. 이러한 그의 개인적 도덕 기준은 사회적 도덕 기준과 다를 것이다. 그는 당면한 개인 이익을 위하여 자신이 가진 도덕적 기준을 매우 낮은 수준으로 가질 수 있다.

　개인과 사회가 가진 도덕 기준은 고정된 것이 아니라 시대와 삶의 형태에 따라 변화하여 왔다. 개인적 도덕 기준은 일생을 두고 교육되어 유지되거나 변화하며 때로는 일정 부분 없어지기도 한다. 유년기

도덕 기준은 비교적 단순명료하지만, 청장년기 도덕 기준은 복잡하고 명료하지 않을 때가 많다. 사회적 도덕 기준은 비교적 장기간에 걸쳐 집단적으로 만들어지고 유지되지만, 이 또한 변화한다. 중세 유럽 종교정치에 기초한 사회적 도덕 기준은 오늘날 자유민주주의체제의 그것과는 많이 달랐다.

현대 자유민주주의는 18세기 산업혁명의 영향으로 처음 나타난 정치체제이다. 우리가 공유하는 사회적 도덕 기준의 많은 부분은 자유민주주의 정치 체제하에서 형성 발전하였다. 지구상 인류의 출현은 약 300만 년 전이라 알려져 있는데 우리의 많은 사회적 도덕 기준은 지난 200년 동안에 비약적으로 만들어지고 발전하여 오늘에 이르고 있다. 정의, 공정, 복지 등에 관한 많은 도덕적 기준은 자유민주주의 개념에 기초하고 있다. 또한 현대 기술 문명의 발달은 새로운 사회적 도덕 기준의 형성에 기여했으며 그 사회적 도덕 기준의 변화 속도를 점점 빠르게 하고 있다. 인터넷 기술의 발달은 디지털 문화라는 영역의 개인적, 사회적 도덕 기준을 새로이 탄생시켰는데 이 또한 변화하고 있다.

인간이 사는 동안 배우고 습득하거나 형성한 도덕 기준은 시기와 환경에 따라 변화를 거듭하게 된다. 유년기의 개인적 도덕 기준은 단순하고 사회 친화적인 특징이 크며 대부분 기성세대로부터 전승된다. 청장년기의 개인적 도덕 기준은 복잡해지고 사회적 도덕 기준에 기초하면서도 이와 괴리되기도 한다. 노년기의 개인적 도덕 기준은 사회적 도덕 기준과의 괴리가 줄기도 하나 때로는 더욱 고착되기도 한다.

  사회적 도덕 기준은 정치경제체제와 국가 사회문화에 기초하여 생성, 유지, 변화하게 된다. 국가 사회가 주도하는 공교육은 개인적 도덕 기준을 고양하고 사회적 도덕 기준에 부합하게 함을 그 주된 목표로 두게 된다. 개인적 도덕 기준은 주로 부모 중심의 기성세대로부터 물려받아 살아가는 동안에 확대, 변화하게 된다. 개인적 도덕 기준과 사회적 도덕 기준은 상호보완하여 바람직한 사회문화의 형성에 기여할 수 있다. 가정교육을 통한 개인적 도덕 기준 함양과 공교육을 통한 사회적 도덕 기준 함양의 상호보완적 유지 발전은 건강한 사회문화의 도덕성을 유지하는 데 필요할 것이다.

  가정교육 영역의 확대는 세대 간 개인적 도덕 기준 전수를 위한 시간과 공간을 보장함으로써 가능하다. 과학기술발전에 따른 재택근무의 확대는 가정교육 영역의 확대를 제공할 수 있다. 공교육 영역에서는 사회적 도덕 기준을 형성하고 고양하는 데 참여하는 기회를 확대함으로써 가능하다. 예를 들면 지방자치단체의 운영과 국민 참여 재판 등의 활동에 청소년 참여 기회 확대를 들 수 있다.

  우리는 개인적, 사회적 도덕이 역사적으로 언제나 불완전한 채 존재해 왔음을 이해할 필요가 있다. 그러한 도덕 기준은 기술문명과 정치문화의 상호작용에 영향을 받으며 변화해 왔다. 어제의 도덕 기준과 오늘의 도덕 기준은 서로 다르며 또한 내일의 도덕 기준도 다르게 변화할 수 있다. 내일의 도덕 기준은 개인적 이익과 사회적 이익이 최대한 공유되는 방향으로 발전됨이 바람직하다.

우리는 전통과 관습으로 만들어진 어제의 도덕(도덕 기준)만으로 살아가려는 오늘날의 오류를 최소한으로 유지해야 한다. 우리는 새로운 도덕(도덕 기준)에 의해 개인과 사회 전체가 때로는 미래의 일정 기간 동안 불가역적인 영향을 받을 수 있음을 알고 새로운 도덕(도덕 기준)의 형성에 적극적이며 신중한 자세로 임해야 할 것이다.

Morality. Its past, present and future

Morality (moral standards) determines the degree of survival, interests, values, and satisfaction of a person and society. For words and actions that meet such standards, we call them moral, and the opposite, we call them immoral. Personal moral standards are often consistent with social moral standards, but in some cases they are not. The main goal of national social moral education is to match individual moral standards and social moral standards.

For example, a poor young man picked up a wallet with money and an ID off the street. he could have the moral standard that he takes the money from the wallet and reports the wallet as lost to the police or return it to the owner. His personal moral standards could be different from social moral standards. He can have his moral standards at a very low level for his immediate personal interests.

The moral standards of individuals and society are not fixed, but have changed according to the times and forms of life. Personal moral standards are learned, maintained or changed, through a lifetime, and could sometimes disappear to some extent. The moral standards of childhood are relatively simple and clear, but those of adults are often complex and unclear. Social moral standards are collectively created and maintained over a relatively long period of time, but they also change. The social moral standards based on medieval European religious politics were very different from those of today's liberal democratic system.

Modern liberal democracy is a political system that first emerged under the influence of the 18th century industrial revolution. Many of the social and moral standards we share have been shaped and developed under the liberal democratic political system. It is known that the emergence of mankind on Earth was about 3 million years ago, and many of our social moral standards have only been recently and rapidly created and developed over the past 200 years. Many moral standards for justice, fairness, and welfare, etc. are based on the concept of liberal democracy. In addition, the development of the modern technological civilization has contributed to the formation of new social moral standards, and the rate at which these new standards are changing is accelerating. The development of internet technology has given birth to the personal and societal moral standards within the realm of digital culture, and such moral standards changes also.

The moral standards that man learns, acquires, or forms during his life will change according to the time and his environment. Personal moral standards in childhood are simple and socially friendly, and most of them are handed down from the older generation. The personal moral standards of adulthood become complex and are based on social moral standards, but they can be different. Personal moral standards in old age tend to be less disparate from social moral standards, but sometimes become even more fixed.

Social moral standards are created, maintained, and changed based on the political economy and national social culture. Public education led by the national society aims to raise personal moral standards and meet social moral standards. Personal moral standards are mainly inherited from the parent-centered older generation and expanded and changed during life. Personal moral standards and social moral standards can complement each other and contribute to the formation of a desirable social culture. Complementary maintenance and development of personal moral standards through family education and social moral standards through public education will be necessary to maintain the morality of a healthy social culture.

The expansion of the home education field is possible by ensuring time and space for the transmission of personal moral standards between generations. The expansion of work-at-home due to the development of science and technology can provide an expansion of home education. Expansion of public education is possible by expanding opportunities to participate in shaping and raising social moral standards. For example, the expansion of opportunities for youth participation in activities can be such as the operation of local governments and citizen participation in criminal trials.

We need to understand that personal and social morality has always existed in imperfect ways throughout history. Such moral standards have changed under the influence of the interaction between technological civilization and political culture. Yesterday's moral standards and today's moral standards are different, and tomorrow's moral standards could also change drastically. It is desirable that the moral standards of tomorrow be developed in a direction in which personal and social interests are shared as much as possible.

We should be aware of today's errors of living only with yesterday's moral standards derived from traditions and customs, and should endeavor to reduce these errors. We need to know that new morals and moral standards can sometimes irreversibly affect individuals and society as a whole for some time in the future. Therefore, we must take an active and prudent attitude in the formation of new morals and moral standards.

근대 산업혁명과 현대 코로나 전염병

근대 산업혁명은 18세기 중반부터 19세기 초반까지 영국을 중심으로 한 유럽 사회에서 일어난 경제·사회적 변화를 이르는 말이다. 대규모의 자유주의적 경제체제가 역사상 처음 개념화되고 일상에 뿌리내렸다. 자유주의적 민주정치체제가 또한 유럽 지역에 보편적으로 뿌리내리는 계기가 되었다. 하지만 그 과정은 그리 순탄하지 못했다.

나폴레옹 전쟁 이후 유럽은 절대주의 구 정치체제로 돌아가려 하였다. 그러는 사이에 산업혁명의 결과로 생겨난 산업자본가, 노동자 중심의 시민계급, 그리고 정치 귀족 간의 이전투구가 극심하였다. 자본에 의한 이해관계를 두고 자유주의, 민주주의, 민족주의가 유럽 사회를 달구었다. 사상적으로는 이러한 시대를 반영하여 실증주의, 마르크스주의, 그리고 허무주의가 나타나게 되었다.

산업혁명을 성공적으로 이끈 시민계급은 실증된 사실만을 가치 있게 여기는 '실증주의'를, 자본의 지배와 착취를 경험한 노동자계급은 체제 변혁과 혁명을 꿈꾸며 '공산주의'를, 그리고 이들 어느 편에도 들 수 없었던 지식인들에게는 '허무주의'가 자리하게 되었다. 자본에 의한 이해를 두고 개인 간, 사회 간 갈등은 19세기 후반까지 계속되었다.

그런데 19세기 후반에 한 사상가이자 철학자가 나타났다. 그는 바로 '니체'이다. 그는 근대 유럽 사회의 절망적인 갈등을 온몸으로 껴안고 역사적 고찰과 비판, 그리고 자기 극복을 통한 총체적 해결을 역설하였다. 문헌학자, 대학교수로 시작하여 철학자, 사상가로서 그는 근대 유럽이 겪고 있는 물질적, 정신적 부조리와 그로 인한 절망감을 통렬히 비판하였다. 사상가 '니체'를 통하여 유럽 사회는 근대적 아픔에서 벗어나 현대 유럽뿐 아니라 세계의 경제, 사회, 정치, 예술, 철학 등 거의 모든 분야에서 인간사회의 새로운 롤 모델을 제시하게 되었다.

코로나19는 올해 초 중국에서 발원했다고 알려지며 현재까지 전 세계를 휩쓸고 있는 대 유행성 전염병이다. 최근까지 200여 국가에서 최소 1억 명 이상이 감염되었다고 하며 이 시간에도 계속 진행 중이다. 언제 어떻게 진정될지 아무도 예단치 못하고 있다. 이 때문에 귀한 생명을 잃는 사람들을 포함하는 사회경제적 손실은 가늠하기조차 어려운 상태에 있다.

자본주의 이념 아래 국가 간의 자유주의 경제체제는 지난 20세기 동안 우리의 삶에 정신, 물질 양면으로 큰 풍요로움을 주었다. 우리는 시간과 노력을 다했으며 그 결과를 최근까지도 당당하게 누릴 수 있었다. 하지만 빛을 따라오는 그림자처럼 경제적 약자, 사회적 약자들이 늘면서 어느새 우리 사회가 감당하기에 한계상황을 맞이한 것 아닌가 싶다. 아니 한국뿐 아니라 전 세계적인 현상이 된 것 같다.

코로나19는 이런 경제적, 사회적 약자들을 더욱 약하게 만들었다. 내가 사는 미국 텍사스 주 이야기이다. 일하던 회사가 일시적 혹은 영구적으로 문을 닫았다. 병이 나서 아파도 돈이 없어 병원에 갈 수가 없다. 혹여 코로나19에 감염되면 병원 방문이 일단 금지되기도 한다. 기저질환으로 입원이 필요하지만 코로나19 때문에 병상이 모자란다고 한다. 코로나19 감염이 오히려 일반 병원에서 발생할 가능성이 더 크다고 한다. 마치 근대 산업혁명이 가난한 산업노동자들을 양산한 것과 흡사하다.

코로나19는 우리에게 다음과 같은 현상을 더욱 선명하게 각인시켜 준다. 인간의 행복을 위해 만들어진 자본주의가 어느새 자본 자체를 위해 인간을 더욱 희생시키고 있다. 경제적, 사회적 약자를 더욱 궁지로 내몰고 있다. 정치·사회현상은 코로나19 상황에서도 19세기와 다름없이 이전투구가 여전하다. 자본에 의한 이해관계를 두고 개인, 이익단체, 정치단체들의 탐욕이 코로나19의 전염성에 못지않아 보인다.

근대 산업혁명의 한 사생아로 나타난 '허무주의'는 당시 지식인들에게 하나의 정신적 피난처 역할을 하였다. 코로나19로 인한 예기치 않은 세태를 반영하는 말이 항간에 회자하고 있다. 그것은 다름 아닌 '각자도생'이다. 나는 곧 코로나19의 세계적 유행을 사상적으로 극복할 21세기의 '니체'를 기다린다. 나는 '타인 비난'을 '자기 비판'으로, '책임 전가'를 '자기 극복'으로, 그리고 '탐욕'을 '만족'으로 바꾸어 줄 내면의 '니체'를 기다린다.

2020년 7월

The modern industrial revolution and the current coronavirus epidemic

The modern industrial revolution refers to the economic and social changes that took place in the European society centered in England from the mid-18th century to the early 19th century. A large-scale liberal economic system was first conceptualized in history and took root in everyday life. The liberal democratic political system also had an opportunity to take root in the European region. However, the process was not so smooth.

After the Napoleonic Wars, Europe tried to return to the old political system of absolutism. Meanwhile, the struggles among the industrial capitalists, the civil class centered around workers, and the political aristocracy, which were a result of the industrial revolution, were severe. Based upon the interests of capital, Liberalism, Democracy, and Nationalism fueled European society to increase turmoil. In ideology, Positivism, Marxism, and Nihilism emerged in these times.

The civil class who successfully led the industrial revolution considered 'Positivism', which values only proven facts, while the working class, who experienced the domination and exploitation of capital, dreamed of systemic transformation and revolution, and considered 'Communism', and for the intellectuals, who could not be joined on either side, 'Nihilism' came into place. Conflicts between individuals and society over the interests of capital continued until late 19th century.

But in the late 19th century, a thinker and philosopher appeared. He is 'Nietzsche'. He embraced the desperate conflict of modern European society with his whole body and emphasized a total solution through historical consideration, criticism, and self-overcoming. Started as a philologist and university professor, became a philosopher and thinker, he criticized the material and spiritual absurdities and the resulting despair in modern Europe. Through the thinker Nietzsche, European society emerged from the pain of modernity and presented a new role model for human society in almost all fields, including economy, society, politics, art, philosophy, etc. not only in modern Europe but also in the world.

COVID 19 is an epidemic that is known to be originated in

China at the beginning of this year and is sweeping the world to this day. It is said that at least 100 million people have been infected in over 200 countries until recently, and it is still ongoing at this time. No one can predict when and how it will calm down. Because of this, socio-economic losses, including those who lost their precious lives, are in a difficult state to even estimate.

Under the ideology of capitalism, the liberal economic system between international countries has given our lives a great abundance both in mind and material over the past 20th century. We've put our time and effort into it, and we've been able to confidently enjoy the results until recently. However, like a shadow following the light, as the economically and socially weak people increase, it seems that our society has reached a limiting situation. It seems to have become a global phenomenon not only in Korea.

COVID 19 has made these economically and socially vulnerable people even more vulnerable. This is the story of Texas in US, where I live. A company someone was working for was temporarily or permanently closed. Even though they are sick, they can't go to the hospital because they don't have money.

Sometimes hospital visits are banned if they are infected with COVID 19. It is said that some people need hospitalization for other underlying diseases, but they can't because there is a shortage of beds due to COVID 19. It is said that COVID 19 infection is more likely to occur in general hospitals. It's like the modern industrial revolution that produced poor industrial workers massively.

COVID 19 gives us a clear impression of the following phenomena. Capitalism, created for human happiness, is sacrificing humans for the capital itself without any notice. Capitalism is driving the economically and socially weak people further into the corner. Even in the situation of COVID 19, the political and social phenomenon still encounters many conflicts, as it was in the 19th century. With the interests of capital, the greed of individuals, interest groups, and political groups seems to be no less than the contagiousness of COVID 19.

'Nihilism', which appeared as an illegitimate child of the modern industrial revolution, served as a mental refuge for intellectuals at that time. A phrase that appeared as an unexpected result of COVID 19 is being talked about in many circles. It is nothing else but 'Self-Help'. I am waiting for the 21st century

'Nietzsche' who can soon ideologically overcome the global epidemic of COVID 19. I wait for an inner 'Nietzsche' who will change 'blaming others' into 'self-criticism', 'shifting the blame' into 'self-overcoming', and 'greed' into 'satisfaction.'

July 2020

새로움과 낡음의 공존

짜라투스트라는 이렇게 말했다. 인간도 나무와 같지. 높고 밝은 곳으로 가려 하면 뿌리는 더욱 땅(어둠)속으로 뻗어 가는 것이라고. 인간이 자유가 있는 높은 곳을 그리워할 때 그 인간의 악한 충동도 역시 그런 자유를 갈망하고 있다고. 그러므로 정신의 자유를 얻은 자라 할지라도 자신을 늘 정화하지 않으면 안 된다. 새로운 정신을 창조하면서 고귀한 자가 되려는 인간은 내면의 희망과 사랑을 잃지 말고 간직하라고. 선량함의 얼굴을 하고 낡은 것만을 보존하기를 바라는 그런 인간이 되지 말라고.

철학자 니체가 살았던 당시 유럽 지역은 정치·사회 전반에 있어서 혼란의 시기였다. 이러한 사회 혼란에 회의를 품은 지식인들은 허무주의라는 도피적 철학 사상에까지 빠지게 되었다. 허무주의는 진지한 자기성찰의 과정에서 붕괴되어가는 당시 사회 가치체계를 부정함으로 시작하였다. 사회 가치체계를 부정하면서 남겨진 자연적 실상(현실)에 대한 허무함은 결국 절망감에까지 이르렀다. 철학자 니체는 이런 허무주의의 절망을 넘어 새로운 정신을 위해 내면의 희망과 사랑을 강조했다. 철학자 니체는 그리하여 내면의 창조적 정신을 고양하는 초인사상을 설파하였다.

어릴 적 나의 마음은 얕기도 하고 물도 적게 흐르는 어느 시골 마을의 개울처럼 나조차 잘 알지 못했다. 아침에 눈을 뜨면 밖에 나가 친구들과 어울려 지내는 것이 하루 최대의 관심사요 행복의 원천이었다. 부유함과 가난함의 의미를 몰랐으며 맛난 음식과 멋진 옷이 어떤 것인지도 잘 알지 못했다. 초등학교 시절에 맛난 음식과 멋진 옷을 알게 되었고 중학생이 돼서야 가난함의 의미를 알게 되었다. 고등학생이 돼서야 산다는 것이 어떤 것이고 살기 위해 어떤 일을 해야 하는지를 알게 되었다. 대학 시절을 지나면서 처음으로 해야 할 일들과 하고 싶은 일들을 구별하기 시작했다. 부끄러운 일이지만 나이 50을 넘기고서야 '자신을 늘 정화해야 한다'는 니체의 말을 새길 수 있었다.

'철학적 새로움'의 의미란 내면의 희망과 사랑을 간직하며 자신을 늘 정화한다는 것으로 생각해 본다. 그러면서 '철학적 낡음'이란 또 무엇을 의미하는지도 생각해 본다. 부유함의 울타리에 둘러싸인 현재라는 공원에서 탐닉의 공놀이로 자신의 삶 대부분을 소비하는 것이 '낡음'이라 할 수 있을까. 과거로부터 현재진행형의 모습으로 무장한 채 자신의 삶을 여전히 숨 조여 오는 물질적 가난 앞에서 자포자기하는 것이 '낡음'이라 할 수 있을까. 산다는 것에 대한 성찰을 미룬 채 하루하루 탐닉하거나 자포자기에 머물러 있다면 이것이 '낡음'이 아닐까 생각해 본다. 사는 동안에 하고 싶은 일만을 고집하면서도 해야 하는 일들을 애써 외면하는 것도 어쩌면 '낡음'이 아닐까.

'새로움'과 '낡음'은 동전의 양면 같은 운명공동체 아니 숙명공동체일지도 모른다. 새로움을 알기 위해서는 낡음을 알아야 하고 낡음을 안 다음에야 새로움을 추구할 수 있기 때문이다. 어려서 가난함을 알게 되면서 땀 흘리고 열심히 사는 것에 대한 가치를 의미 있게 알게 되었다. 살면서 해야 할 일들이 있음을 알게 되면서 동시에 하고 싶은 일들도 있다는 것을 알았다. 현실에 얽매인 직장 생활에 수고와 고민을 해야 하는 가운데서도 독서와 사색을 만나 극복의 힘을 가지려 했던 마음과 노력은 그 어떤 것과도 바꾸고 싶지 않은 나의 인생 보배가 되었다.

어느 잡지에 실린 '새로움'과 '낡음'에 관한 글을 읽은 적이 있다. 조상들 삶의 터전이었던 논과 밭은 산업화의 물결 속에 공장지대로 바뀐 지 수십 년이 되었다. 지난 시절 삶의 활력이 넘치던 공장지대가 이제는 폐허가 된 채 그 모습 그대로 있다. 그런데 언제부턴가 그 공장지대에 카페거리가 생겼다. 공장지대를 오가는 길들을 그대로 둔 채, 공장 건물을 그대로 둔 채, 건물 내부 구조를 그대로 둔 채 카페가 생기고 예술작품 전시관도 생겼다. 최후로 남은 어느 가죽 제품 생산공장에는 기계들이 아직도 움직이고 있다…. 글 속의 공장지대는 과거 내 젊은 시절, 카페거리는 현재의 내가 아닐까 한다.

'새로움'과 '낡음'의 공존은 우리의 눈과 귀가 닿는 곳 어디에나 있을지 모른다. '새로움'과 '낡음'의 공존은 우리의 마음과 생각, 우리의 행동과 실천 속에도 물론 있을지 모른다. 그런 '공존'을 이해하고 내 삶속에서 이를 허락하며 받아들인다는 것은 또 하나의 기쁨이 아닐까.

Coexistence of New and Outdated

Thus Spoke Zarathustra. Humans are like trees. If you try to go to a high and bright place, the roots will extend further into the ground (darkness). It is said that when a person misses a high place where the freedom is, his evil impulse also longs for that freedom. Therefore, even those who have obtained mental freedom must always purify themselves. Anyone who wants to become a noble person while creating a new spirit should not lose his inner hope and love. Don't be the kind of person who wants to preserve only the old things with a face of goodness.

At the time when the philosopher Nietzsche lived, Europe was in a period of turmoil in both politics and society. Intellectuals who were skeptical of this social confusion fell into the philosophical idea of 'Nihilism' to escape current social confusion. Nihilism began by denying the social value system which collapsed at the time in the process of serious self-introspection. The futility of the natural reality left behind by denying the social value system eventually led to a sense of despair. The philosopher Nietzsche emphasized inner hope and love for a new spirit beyond this Nihilism's despair. The philosopher Nietzsche thus preached the Overman (Übermensch) idea that uplifted the inner creative spirit.

When I was young, my heart was shallow and hidden like the little stream of water in a small village. I myself didn't know it so well. When I woke up in the morning, going out and hanging out with my friends was my greatest interest and a source of happiness. I didn't know the meaning of wealth and poverty and I didn't know what good food and fancy clothes meant. When I was in elementary school, I knew what delicious food and nice clothes were, and by middle school, I learned the meaning of poverty. It wasn't until high school that I knew what it was like to live, and what kind of work I had to do to live. Through college, I began to distinguish for the first time between things I have to do and things I want to do. It wasn't until I entered my 50s that I was able to engrave Nietzsche's words, 'You have to cleanse yourself all the time.'

I think that the meaning of 'philosophical newness' may be that we always purify ourselves while retaining our inner hope and love. Then, I think about what else 'philosophical outdatedness' means. In a park called present, surrounded by a fence of wealth, can we say that playing a ball game of addiction for the rest of your life is 'outdatedness'? Would it be called 'outdated' when we are given up to despair in the face of material and mental poverty that is still suffocating our life while armed with a continuing form from the past to present? If we postpone our introspection on living and stay greedy or desperate day by day, I wonder if this is 'outdated.' Perhaps it is 'outdated' to insist on what we want to do while we live, and to try hard to turn away from the things we need to do.

'New' and 'Outdated' may be in the same boat of fate like two sides of a coin. This is because to know newness, we must know the outdatedness, and only after knowing the outdatedness we can pursue newness. As I knew I were a child in poverty, I learned the value of working hard in a meaningful way. Not only did I realize that there are things I needed to do in life, but also there are things I want to do as well. Even during my struggles to work and face reality, my heart tried to get the power to overcome through reading books and thinking, and this power has become a treasure of my life, and I do not wish to let it go.

One day, I read an article about 'New' and 'Outdated' in a magazine. The paddies and fields that used to be the home of our ancestors have been transformed into factories in the wave of industrialization for decades. The factory area, which once was full of vitality in the past, is now in ruins and remains as it was. But at some point, the area started to be filled with cafes. Cafes and art exhibition halls were created while maintaining the factory buildings and streets as they were. The last remaining factory runs their machine to make leather goods···. This area with old factories might be what I was in youth and the cafes that were newly created may be what I am today.

The coexistence of 'Newness' and 'Outdatedness' may be wherever our eyes and ears touch. The coexistence of 'Newness' and 'Outdatedness' may of course be in our minds and thoughts, and in our actions and practices. Isn't it another joy to understand such 'Coexistence' and to allow and accept it in my life?

SNS(Social Networking Service)

짜라투스트라는 이렇게 말했다. 우리는 모든 사람에 대해 지나치게 알고 있다고. 그래서 우리는 많은 사람을 꿰뚫어 보지만 그렇다고 그들을 이해했다고 할 수는 없다고. 함께 사는 사람들에 대하여 침묵을 지키기란 참으로 어려운 일이라고. 우리는 (모르는 사이에) 우리와 전혀 상관없는 사람들을 부당하게 대할 수 있다고.

철학자 니체는 그가 살았던 시대의 사회 현상들에 대해 날카로운 비판을 하였다. 그는 당시 근대 유럽 사회에 닥친 격동의 시대를 통찰하면서 잃어가고 있는 인간성 회복을 외쳤다. 산업혁명과 자본주의, 민주주의와 공산주의, 군주제와 제국주의 등이 섞인 격동과 혼란의 시대였다. 누군가를 또 어떤 사회현상을 지나치게 알지만, 그 누구도 서로를 이해하기 어려운 상태가 되었다. 군주제와 자본주의가 결탁한 제국주의는 많은 사람을 전쟁의 공포와 가난으로 몰고 갔다.

SNS(Social Networking Service)라는 말이 있다. 이 말을 모르는 사람은 이제 없을 것이다. 우리가 사는 이 세상은 어느새 SNS라는 무선정보통신망이 그물처럼 자신과 세계를 엮고 있다. 철학자 니체가 살았던 시대에는 SNS가 없었다. 그런데 그의 사회적 통찰력을 SNS 세상에 투영해 보면 두려울 만큼 정확한 비판이 만들어진다. 그는 아마도 세상의 흐름을 간파하고 다가올 미래 세상의 어두운 면을 정확히 예측한 것 같다. 아마도 니체는 우리에게 이런 말을 하고 싶을지 모른다.

누군가는 마음만 있다면 이 세상 사람들의 일상을 거울처럼 확인하고 간섭할 수 있다. 이로 인해 우리는 (세상) 모든 사람에 대해 지나치게 많이 알고 또 말할 수 있게 되었다. 댓글 조작이니 악플(개인적 분노 표출)같이 우리 모두를 어둡게 만드는 일들은 주변에서 어렵잖게 만날 수 있다.

우리는 SNS상에서 거의 무한한 언론자유를 가지고서 만인을 칭찬도 하고 또한 비판도 한다. SNS가 서로를 연결하고 있다 하지만 SNS가 꺼지는 순간 적잖은 적막감도 함께 느낀다. 지구 반대편 SNS 친구의 삶에 관해 남다른 관심이 있다고 말하는 사람들이 있을지 모른다. 그러나 그러한 SNS 친구의 삶을 이해한다고 말하기는 쉽지 않을 것이다. 서로 이해하기 위해서는 삶과 가치관에 대한 일정한 공유와 주고받음이 있어야 할지 모른다. 온라인상 도둑과 장물아비가 죄책감 없는 즐거운 거래를 할지라도 서로 이해할 필요는 없을 것이다.

SNS상의 활동에 익숙한 사람들은 서로 간에 대해 침묵하기란 참으로 어렵게 되었다. '좋아요', '구독', '친구'로 시작하여 '댓글' 등으로 이어지는 SNS의 소통망은 '침묵'과는 거리가 멀다. 침묵은 말없이 조용

함을 유지하는 것을 의미한다. 사회·정치적으로 강요된 침묵이 있기는 하지만 대부분의 침묵은 개인적으로 행해질 때가 많다. 침묵은 느림의 미학이 줄 수 있는 귀한 선물 중의 하나인 것을 우리는 경험할 수 있다. 하지만 SNS 세상은 광속 가까운 속도로 지구를 돌고 돌며 하염없이 누군가를 찾아다닌다.

SNS의 등장으로 우리는 실제로 자신과 전혀 상관없는 사람들을 부당하게 만들 수 있다. 악플과 댓글 조작 같은 어두운 일들이 범죄 행위로 간주될 정도로 신문에 오르내리는 것을 볼 수 있다. 불행하게도 범죄 의식이 있든 없든 악플이 광속처럼 빠르게 세상에 퍼진다. 불행하게도 댓글(또는 검색어) 조작이 부도덕한 양심을 달고 SNS 세상에 뿌리내린 지 오래되었다. SNS의 등장으로 우리는 실제로 자신과 전혀 상관없는 사람들을 부당하게 만들 수 있다.

아마도 니체는 우리에게 이런 말을 하고 싶은지 모른다. 우리는 사람들에 대해 피상적이 아니라 그들의 삶과 철학을 진지하게 이해하려고 노력해야 한다고. 우리는 그들에 대하여 때때로 침묵함으로 우리 스스로와 그들 스스로 명상과 명료의 시간을 만들자고. 우리는 깨어 있는 모습으로 우리와 전혀 상관없는 사람들을 부당하게 대하는 일이 없도록 하자고.

SNS (Social Networking Service)

Thus Spoke Zarathustra. We know too much about everyone. So we look at a lot of people but that doesn't mean we understand them. It is very difficult to remain silent about the people who live among us. We can (unknowingly) treat those who have no relations with us immorally.

The philosopher Nietzsche made a sharp criticism of the social phenomena of his time. He cried out for the restoration of humanity that was getting lost while looking into the turbulent times that modern European society has faced at that time. It was an era of turbulence and confusion; a mixture of industrial revolution and capitalism, democracy and communism, monarchy and imperialism, etc. Although people knew much about someone or some social phenomena, it was difficult for anyone to understand each other. Imperialism, colluded with monarchy and capitalism, drove many people to fear of war and poverty.

There is a term called SNS (Social Networking Service). I'm sure most people know or heard of it. This world we live in has a wireless communications network called SNS that connects ourselves with the rest of the world like a net. There was no SNS during philosopher Nietzsche's time. However, when his social insights are projected onto the SNS world, a criticism is created that could be shockingly accurate. He probably saw the flow of the world and predicted the dark side of the world to come. Perhaps Nietzsche wants to tell us this.

If someone wishes to, they can observe and interfere in other's daily lives in this world like a mirror. This allows us to know and talk too much about everyone (in the world). Comment manipulation or bad comments (expressing personal anger) that makeall of us sad can be easily encountered in our surroundings.

On SNS, we praise and/or criticize everyone with almost infinite freedom of speech. Although SNS keeps us connected to each other, the moment the SNS is turned off, we feel a lot of silence. There may be people who say they care for and have interest in their SNS friends that lives across the world. However, it's hard to say that they actually understand their SNS friend' s life. In order to truly understand each other, it may be necessary to share life experiences and certain values in life. Even though a thief and a fence have a pleasant deal without any guilt online, they will not need to understand each other.

It has become very difficult for active SNS users to be silent about each other. The communication network of SNS that contains 'Like', 'Subscribe', 'Friend' and continues with 'Comments' is far from 'Silence'. Silence means to remain silent without words. While there are socio-political forced silences, most of them are often done personally. We can experience that silence is a precious gift that is given from slowing down. However, the SNS world goes around the earth at a speed close to the speed of light, constantly looking for someone.

With the creation of SNS, we can become unjust towards people we don't know. We can see things like bad comments and manipulation of comments appearing in newspapers to the point that they are considered criminal acts. Unfortunately, with or without criminal consciousness, bad comments (individual anger expression) spread rapidly like the speed of light.. Unfortunately, it has been a long time since comment (or search word) manipulation has taken root in the SNS world with an immoral conscience. With the creation of SNS, we can become unjust towards people we don't know.

Perhaps Nietzsche wants to tell us this. We should try to get a serious understanding of people's lives and philosophy, and not be superficial. We can make time of meditation and clarity for ourselves and/or for themselves, by being silent about them from time to time. Let's be vigilant so that we don't treat those who have no relations with us immorally.

육체(현실)의 소중함

짜라투스트라는 이렇게 말했다. 육체(현실)는 인생을 항해하는 배이며 우리의 정신과 이성을 한없이 싣고 인생 바다를 안내한다고. 육체(현실)는 우리의 정신과 이성에 반대되는 것이 아니라 든든한 지원자라고. 육체(현실)를 경멸하는 자는 자신의 삶을 외면하고 있는 자이며 살기를 포기하는 자이라고.

고대 그리스는 해상무역과 상공업 위주의 도시형 지역과 농업 위주의 농촌형 지역으로 이루어졌다. 도시(국가) 간의 동맹을 통해 정치적 안정을 도모했으나 강력한 중앙집권적 정치체제는 없었다. 무역과 상공업 발달은 물질적 풍요를 가져다주었고 개인적 자유를 고양하는데 중요한 자산이 되었다. 물질적 풍요는 노동 중심의 육체 활동 시간을 줄이는 대신 정신적 활동에 많은 시간을 가능케 해주었다. 귀족을 중심으로 융성했던 문학과 철학 사상들은 거의 모든 분야에서 유럽 사회 형성의 기초가 되었다. 고대 그리스 사람들은 인간이 사는 동안 육체 속에 정신(영혼)이 잠시 머물다 간다고 이해하였다.

고대 이스라엘은 유목 생활로 시작하여 강한 왕권을 가진 국가형

태로까지 발전하였다. 척박한 유목 생활은 가족이 사회의 중심이 되고 자연환경에 의지함은 가족 신앙의 기초가 되었다. 척박한 환경에 대한 정신적 위안으로 유일신 그리고 가족의 중심에는 선민사상이 자리하게 되었다. 유목에서 농경으로 변화하고 중앙집권의 왕권 국가로 변화하면서도 유일신, 선민사상은 유지되었다. 왕과 귀족 중심의 정치체계는 유일신 종교 체계와 결합하여 신의 허락에 의한 왕정에 이르게 하였다. 고대 이스라엘의 유대교와 구약 기독교의 왕신화 개념은 중세 유럽 정치사상의 토대가 되었다. 신약 기독교는 로마의 박해를 신앙의 힘으로 극복하면서 영혼구원 중심의 종교관을 보다 확립하였다.

고대 그리스와 중세 유럽 사회를 지탱한 관념 사상은 육신과 정신(영혼)을 분리하는 이원론이었다. 고대 그리스는 물질 풍요와 노동 경감으로 자유정신이 한껏 고양되는 이원론적인 철학사상이 있었다. 중세 유럽은 하층민의 고된 농노 환경으로 인한 사회적 불만을 희석하는 사후세계론과 영혼구원론을 내세운 기독교 사상이 정치 세력과 협력하는 왕정/교황의 권력분점 체제의 구축을 가능하게 하였다. 신이 허락한 왕정(왕신화) 개념은 고대 이스라엘뿐 아니라 중세 유럽에서도 주요 정치체제가 되었다.

중세 유럽 사회에서는 하층민인 농노들이 물질생산의 대부분을 담당하였다. 농노들이 감내해야 하는 육신의 수고는 그들이 태어나면서부터 평생 지속하였다. 왕신화 정치체제는 농노들이 그들 육신의 수

고를 평생 참고 견디는 데 활용되었다. 이런 종교적 영향은 10세기 초 신성로마제국을 중심으로 확립된 이래 19세기 초까지 지속하였다.

니체는 유럽 사회의 역사 고찰을 통해 당시 사회적으로 병든 유럽 사회에 과감한 비판을 던졌다. 니체는 당시 유럽에 퍼진 산업혁명과 산업자본주의로부터 희생되는 약자들을 또한 목격했다. 니체는 물질적 정신적 억압이 팽배한 현실에서 잃어가는 자유정신(의지) 회복을 설파하였다. 니체는 자유의지를 고양하고 현실을 극복하면서 얻은 충만한 현실의 삶을 즐길 것을 설파하였다. 니체는 주어진 현실을 비굴하게 견디는 것을 거부하고 충만한 삶으로의 노력을 설파하였다.

현실의 삶을 충만하게 살기 위한 노력은 내가 사는 21세기 이 순간에도 여전히 중요할 것이다. 어젯밤 저녁 일을 마치고 집에 돌아와서는 서재에 앉아 니체와 대화를 하였다. 당신이 오늘날 나와 같이 산다면 어떤 말을 할 수 있을까. 니체는 말한다. 현실에서 자기 극복의 의지와 함께 고양되는 충만한 삶을 누리는 것은 여전히 최고선이 될 것이라고. 현실에 안주하여 자기 극복의 의지가 없고 자신의 자유정신을 잊은 채 타인이 주는 허상(허영)에 자신을 맡기는 생각과 행동에서 과감히 멀어지라고.

나는 니체에게 말한다. 오늘날에는 자기 극복을 알기 전에 현실에 이미 안주하고, 자신의 자유정신을 알기 전에 타인이 주는 허상(허영)에 이미 자신을 맡겨 버리는 일이 일어나고 있다고. 그래서 자기 극복이 무엇인지, 자신의 자유정신이 무엇인지 알도록 함이 필요할 것이라고. 교육이 필요할 것 같다고. 우리의 다음 세대는 자기 극복의 의지를 갖추고서 현실과 만나고, 자신의 자유정신을 가지고서 타인이 주는 허상(허영)을 만나게 하면 좋겠다고. 그래서 교육이 필요한 것 같다고.

The importance of the body (reality)

Thus Spoke Zarathustra. It is said that the body (reality) is a ship that sails and guides the sea of life, with endless loads of our mind and our reasons. The body (reality) is not opposed to our mind and our reasons, but is a reliable supporter. Those who despise the body (reality) are those who turn away from their lives and give up their lives.

Ancient Greece had urban areas focused on maritime trade, commerce and industry, and rural areas focused on agriculture. Political stability was promoted through alliances between cities (states), but there was no strong centralized political system. The development of trade and commerce brought material abundance and became an important asset in promoting personal freedom. Material abundance meant more time for mental activity instead of reducing physical labor time. Literature and philosophical ideas that flourished around the aristocracy became the basis for the formation of European society in almost all fields. The ancient Greeks understood that while we live, the mind(soul) comes into the body and stays for a certain amount of time.

Ancient Israel began as a nomadic life and developed into a state with strong kingship. The barren nomadic life made the family the center of society, and the dependence on the natural environment became the foundation of family faith. The Monotheism was born as a spiritual comfort for the barren environment, and the Ethnocentrism was at the center of the family. While changing from nomadic to agricultural and to a centralized royal state, the ideology of the Monotheism and the Ethnocentrism was maintained. The political system centered on the king and the nobility was combined with the monotheistic religious system, leading to a monarchy by divine permission. Ancient Israeli Judaism and Old Testament Christianity's concept of monarchy by divine permission became the basis of medieval European political thought. New Testament Christianity overcame Roman persecution with the power of faith and established a more spiritual view of religion centered on salvation of souls.

The idea that supported ancient Greek and Medieval European societies was a dualism that separates the body from the mind (soul). Ancient Greece had a dualistic philosophical ideology in which the spirit of freedom was raised to its full by material abundance and labor reduction. Medieval Europe made it possible to establish a power shared system between the monarchy and the pope in which political powers cooperates with Christian thought that promotes the theory of the afterlife and the theory of salvation of the soul that dilutes the social dissatisfaction of the lower class. The concept of monarchy allowed by God became a major political system in Medieval Europe as well as in ancient Israel.

In Medieval European society, the low-class serfs were responsible for most of material production. The labors of the body that the serfs must endure lasted for a lifetime from the time they were born. The political system with monarchy allowed by God was used for the serfs to endure the labors of their bodies for life. This religious influence lasted until the early 19th century since it was established around the Holy Roman Empire in the early 10th century.

Nietzsche made a bold criticism on the socially ill European society at that time through a historical review of European society. Nietzsche also witnessed the victims of the industrial revolution and industrial capitalism that spread in Europe at the time. Nietzsche preached about the recovery of the free spirit (will) lost in a reality where material and mental oppression prevailed. Nietzsche preached to promote free will and to enjoy the full life of reality gained by overcoming reality. Nietzsche refused to endure the given reality like a genuflection and preached the effort toward a full life.

Efforts to live a real life in full, will be still important at this moment in the 21st century. When I got home from work last night, I sat in the den and talked with Nietzsche. What would you say if you were here with me today? Nietzsche says. Enjoying the full life that is promoted with the will to overcome oneself will still be the best. Let's boldly move away from the thoughts and actions of entrusting ourselves to the illusions (vanity) given by others as we are complacent with reality resulting in no will to overcome ourselves and forgetting our free spirit.

I tell Nietzsche. Today in this world, we settle in reality before knowing how to self-overcome, and we give ourselves to the illusion from others before knowing our own free spirit.

So, it would be necessary to know what self-overcoming is and what our free spirit is. I think we need education. It would be good for our next generation to meet reality after having the will of self-overcoming, and to meet the virtual image (vanity) given by others after having their own free spirit. Therefore, I think we need education.

신념

짜라투스트라는 이렇게 말했다. 자신의 옳음을 고집하는 것보다
자신의 그릇됨을 인정하는 사람이 더 고귀하다고. 자신이 옳을 경우
에는 더욱더 그러하다고. 그러나 그렇게 하기 위해서는 풍요롭지 않
으면 안 된다고.

어떤 일에 대해 자신의 견해가 항상 옳다고 견지하거나 고집하는
것을 두고 우리는 신념이라 말한다. 목숨보다 중히 여기는 소크라테
스적 신념을 가진다는 것은 때때로 삶의 원동력이 될 수 있다. 고집
스럽게 지키고 싶은 신념이 있다면 그것은 인생의 젊음이요 또한 청
춘의 상징일 수도 있다. 신념은 삶에 대한 자신 내면의 모습(가치)을
담은 수레와도 같다. 신념은 변치 않는 황금색으로 우리 가슴 속에
남기를 바라는데 이는 그렇지 않음의 반증이기도 하다.

나이를 먹고 지식과 경험이 쌓이면서 우리의 변치 않는 신념이란 것
에 의문을 가질 수 있다. 신념에 대한 의문을 넘어 한 발짝 더 나가면
그동안 지켜온 신념의 그릇됨을 인정할지도 모른다. 지켜온 신념의 그
릇됨을 알고 버리게 되면 우리에게는 새로운 신념이 찾아오게 된다.

과거 신념의 어두운 면을 극복하고 이를 밝은 면으로 바꾸려는 진실한 삶을 응원해 본다. 현재 신념이 부족했던 과거 신념을 품고서 더 크고 밝은 면을 가지려는 오늘의 인생을 응원해 본다. 미래 신념에게 진실의 어깨동무로 과거 신념, 현재 신념과 친구 하며 살아가는 인생길을 응원해 본다. 그러면서 우리는 우리가 알지 못하는 사이에 전보다 더 풍요해진 삶을 살지 않을까 싶다.

나는 지난 시절 대학 진학을 앞두고서야 가난함이 내 인생 항로를 변경시킬 수 있음을 인정해야 했다. 경제적 문제가 해결되는 안정된 직장을 얻기 위한 수칙들이 자연스레 내 삶의 신념으로 각인되었다. 첫사랑 같은 첫 신념과의 교제는 그 당시 직장 생활이 가져다준 삶의 방식으로 인해 그리 성공적이지는 못했다. 어느 때인가 첫 신념에 대한 조용하면서도 진실한 의문을 가지게 되었다.

나이 서른을 앞두고 새로운 삶의 방식, 새로운 신념에 대한 필요를 바라게 되었다. 나의 발은 안정된 직장, 과거 신념에 단단히 두었지만, 나의 손과 머리는 새로운 신념을 꿈꾸게 되었다. 직장에서는 과거 신념으로 살고 집에서는 새로운 신념으로 살기로 마음먹었다. 몇 해가 지나 꿈같았던 새로운 신념은 내 삶 속의 현재 신념으로 뿌리내리고 열매를 맺기 시작했다. 내 첫 직장의 동료, 선후배 사람들로부터 축하를 받으며 그곳을 떠나 새로운 세상을 맞이하게 되었다. 과거 신념으로 인생의 발을 굳게 서고 새로운 신념을 꿈꾸고 실천하며 반복하기는 아직도 진행 중이다.

철학자 니체는 오늘날 젊은이들과 노년을 맞이하는 나에게 이렇게 말하고 싶어 할지 모릅니다. 그대들의 삶을 그 심연의 바닥에서부터 냉철하게 인식함이 필요하다고. 그대들의 삶은 세상에서 끌려다니는 나귀가 아니라 세상을 싣고 가는 나귀의 주인 같은 삶이라고. 주인의 삶에는 신념이 있고 책임이 있으며 권리 또한 있다고. 냉혹한 현실을 당당히 이겨내고 극복하며 새로운 신념을 꿈꾸고 이를 실천하라고. 새로운 신념을 만나 함께 춤출 수 있는 풍요로운 내일을 위해 오늘을 반드시 참고 견디어 내라고.

나는 지금 한국을 떠나 미국에서 살고 있다. 여느 사람들처럼 내가 한국을 떠나 미국에서 살려는 인생 계획을 세운 적은 전혀 없었다. 지난 시절 누군가 혹은 스스로가 '어디서 무슨 일을 하며, 얼마나 부자인가'라는 질문을 한 적이 있다. 그런 질문에 대한 답을 찾으려는 방법들을 나름 세우면서 그것들이 신념 같은 것이라 여긴 적도 있다. 이제 와 생각하니 많은 부끄러움이 있다. 내면의 가치로움 하나 없이 신념이란 겉옷으로 치장하고 그 뒤 만을 따르던 그림자 모습이 아직 있다.

나에게 노년의 삶이란 어떤 것이 될 수 있을까. 살면서 그림자 같은 껍질 인생을 내려두고서 보이지 않았던 내면의 가치를 세우고 또 찾고 싶다. 인생 경쟁자를 줄이고 인생 친구를 늘리며 부유하지는 않아도 나누어 주는 것에 인색하지 않고 싶다. 이제는 필요치 않은 사람이 되었지만 혹 필요한 사람이 되려나 오늘도 노력하는 사람이 되고 싶다. 새로운 신념을 꿈꾸고 만들 힘은 많이 사라졌지만, 지혜 속에 남은 무언가를 실천하며 반복하기를 계속하고 싶다. 남은 세월에 끌려가는 나귀보다는 그 나귀를 끌고 가는 주인 된 마음으로 백발을 다듬으며 살고 싶다.

Belief

Thus Spoke Zarathustra. It is said that a person who admits his wrongdoing is more noble than insisting on his right. Even more so if you are right. However, to do that, you must be abundant.

When it comes to holding or insisting that one's opinion is always right about something, we say it's a belief. Having Socratic beliefs that are valued more than anything can sometimes be a driving force in life. If you have a belief or conviction to be kept stubbornly, it can be a symbol of youth in life. Conviction is like a wagon that contains one's inner image (value) for life. We hope that our beliefs remain in our hearts like unchanging gold, but such hope may be also contrary evidence that it can change.

As we grow older and our knowledge and experience accumulates, we may wonder what our unchanging beliefs are. If we go one step further beyond the question of our beliefs, we may admit that the beliefs we have kept are wrong. When we learn what was wrong in our past beliefs and throw them away, new beliefs may be introduced to us.

We support the sincere life of overcoming the dark side of past beliefs and turning it into a bright side. We try to support today's life in which the present beliefs are bigger and brighter by embracing the past beliefs that was not enough. Like a warm friend, we hope that the future beliefs can welcome and live along with the past and present beliefs. In the meantime, I wonder if we may live a more prosperous life than before unknowingly.

I had to admit that, as I faced college entrance preparation, I realized that poverty could change the direction of my life. The rules for obtaining a stable job that provided financial needs were naturally imprinted with my life's beliefs. Just like first love, my first beliefs were not so successful due to the demanding lifestyle that work had put me in. At some point, I had a quiet and sincere question about my first beliefs.

Just before I was 30 years old, I was hoping for a new way of life and a new belief. My feet stood on the workplace and were firm in my past beliefs, but my hands and head came to dream of new beliefs. I decided to live with my past beliefs at work and new ones at home. A few years later, a new belief that seemed like a dream took place in my life and began to bear fruit. With colleagues' warm-hearted farewell and support, I left my first workplace to meet a new world. Standing firmly with past beliefs, I still continue to dream, practice, and repeat the new beliefs in my life.

The philosopher Nietzsche may want to say something like this to the seniors like me and to the young ones. It is necessary to observe our life from the bottom of the abyss in a logical manner. Our life is not a donkey being dragged in the world, but rather a master of donkeys facing the world. In the life of the master, there are beliefs, responsibilities, and rights. Dream and practice new beliefs through overcoming the harsh reality with confidence. For a prosperous tomorrow where we can meet new beliefs and dance together, we must endure today.

I left Korea and currently am living in the United States. Like most people, I never intended to leave Korea and live in the

United States. In the past, someone or myself asked the question, 'Where are you doing what, how rich are you?' I have come up with ways to find answers to those questions and have considered them to be like beliefs. Thinking of it now, there is a lot of shame. There still exists with me something like a shadow that has followed the belief adorned outwardly with no inner value.

What can life of an elder be like to me? I want to put down the shadow that has followed my empty life and find the inner value. I want to reduce competitors, gain more friends in life, and be more gracious even when I may not be wealthy. People may not need my help, but I always want to prepare for when someone needs me. I may not create new beliefs as much as before, but I want to continue pursue some aspects of my wisdom. I want to live, while trimming my gray hair, with a mind of a master who is dragging the donkey rather than to be a donkey being dragged.

윤회

간만에 아침 산책을 하였다. 여름의 끝자락까지 무더웠던 날씨 때문에 열대야 속을 뚫고 산책하는 것도 사실상 불가능하였다. 요 며칠 사이에 연이어 비가 내리더니 오늘 아침은 꽤 선선한 바람이 산책로 주위를 감싸고 있다. 아내가 출근하자 곧바로 커피 한 잔을 만들어서 비에 깨끗해진 공기를 마시며 산책을 한다.

산책로 주위의 숲 사이로 난 잔디에는 이슬처럼 영롱한 비의 흔적이 남아 있다. 구름 낀 하늘, 깨끗한 숲길, 그리고 맑은 공기는 자랑은 없어도 특별한 여유를 나에게 주는 것 같다. 나이 50을 훨씬 넘긴 지금이 돼서야 느끼는 이런 마음은 젊어서 경험하지 못했던 기쁨인 것 같다. 이런 시간과 마음을 오래도록 간직하고 싶지만 때가 되면 더는 그러지 못할 것을 또한 안다. 문득 생의 마감, 윤회 같은 말이 떠오른다. 산책하는 동안 윤회에 대한 선문답을 내가 나에게 주거니 받거니 하여 본다.

윤회란 말은 주로 불교, 힌두교 등의 종교적 교의에서 주로 나오는 말이다. 고대 기독교 일부 종파에서도 윤회를 믿었다고 한다. 윤회란 종교적으로 중생들이 태어나 살고 또 죽으며 다시 태어남을 반복하는 것을 의미하고 있다. 중생들이 살아생전 깨달음을 얻지 못하면 윤회를 반복해야 하는 일종의 벌을 받는다고 한다. 살아생전 깨달음에 이르게 되면 그때서야 윤회의 사슬을 풀고 열반의 세계에 이르게 된다고 한다.

그리고 보니 나는 젊어서 윤회란 것을 축복으로 여겼던 적이 많다. 사람으로 태어나 세상에서 열심히 살고 또 열심히 즐길 수 있는 삶이란 것을 큰 축복으로 알았다. 그래서 인간으로 다시 태어날 수 있는 '윤회'란 기회는 큰 축복임이 틀림없다고 여겼던 적이 많다. 그러나 살면서 넘어왔던 인생 산들을 뒤돌아보니 축복은 작디작고 힘겨움은 크디크게 느껴진다. 그렇지만 오늘 아침과 함께하는 커피 한 잔과 산책은 작지만 기쁨, 여유, 그리고 축복임을 숨길 수 없다.

종교적으로 보면 나는 아직 깨달음을 얻지 못한 여느 중생에 지나지 않을 것이다. 그러므로 종교적으로 보면 나는 윤회를 계속할지도 모른다. 다음 생에서는 사람으로 다시 태어날지 아니면 다른 동물이나 식물로 태어날지 나는 알 수 없다. 그저 지난 인생길을 되돌아보니 힘겨웠던 시간들이 흉터처럼 기억 속에 남아 있음을 느껴 본다. 베르그송의 거창한 기억론을 떠올리지 않아도 기억 속 인생에는 흉터 같은 훈장들이 즐비해 있다.

나에게 생애에 대한 윤회가 선택사항이라면 정중히 사양하고 싶다.

지나온 나날 동안 가졌던 크고 작은 힘겨움 앞에서 다시금 이겨 낼 자신감이 그리 크지 않다. 나에게 생애에 대한 윤회가 어쩔 수 없는 필수사항이라면 조건 하나를 붙였으면 하고 바라본다. 전생의 원수 된 한을 풀라고 맺어준 아내와의 인연을 조금 더 이어서 가면 좋겠다. 아직 그 한을 풀지 못했다 하고.

Rebirth by Karma

It had been a while since I'd gone on a morning walk. It was also virtually impossible to walk through the tropical night due to the hot weather until the end of summer. In the last few days, it rained day after day, and a cool breeze surrounded the walking trail. As soon as my wife goes to work, I make a cup of coffee and take a walk while breathing in the air that has been cleansed by the rain.

There are traces of shiny rain like dew on the grass that grows throughout the forest around the trail. Cloudy skies, clean forest paths, and fresh air seem to give me a special rest without boasting. This kind of feeling that I feel only after I'm well over 50 seems to be a joy I haven't experienced while I was young. I want to keep this time and heart for a long time, but I also know that when the time comes, I won't be able to do that anymore. Suddenly, thoughts like the end of life and rebirth by Karma come to mind. While taking a walk, I attempt to reflect about rebirth by Karma.

The idea of rebirth by Karma is a concept that comes mainly from religious doctrines such as Buddhism and Hinduism. It is said that some of the ancient Christian sects also believed in rebirth by Karma. Rebirth by Karma religiously refers to the cycle of being born, living, dying, and being reborn. It is said that if common people do not achieve enlightenment in their lifetime, they will be punished through rebirth by Karma. It is said that only when they reach enlightenment in their lifetime, they will unravel the chain of rebirth by Karma and reach the world of Nirvana.

Come to think of it, when I was younger, I had many times when I considered rebirth by Karma as a blessing. I knew that it was a great blessing that I was born as a human and live hard and enjoy life in this world. So, there are many times when I thought that the opportunity of 'Rebirth by Karma' as a human must be a great blessing. However, when I look back at the mountains of my life that I have crossed over, the blessings are small and the hardships are huge. In this morning, however, a cup of coffee and a walk might be small things, but I cannot hide the joy, relaxation, and blessing that comes from them.

Religiously, I will be no more than one of the common people who has not yet achieved enlightenment. So, religiously, I might continue to get 'rebirth by Karma'. In the next life, I don't know whether I will be reborn as a human or another animal or plant. Just looking back on the life I've lived; I feel that the difficult times remain in my memory like a scar. Even without recalling Bergson's grand theory of memory, there are many scars filling up my memory.

If 'rebirth by Karma' of my life is an option for me, I politely decline it. I don't have much confidence to overcome again the struggles I've encountered throughout my life, however big or small. For me, if 'rebirth by Karma' is an inevitable necessity, I would accept it under one condition. I would like to continue the relationship with my wife, that god made to resolve the 'Han (the sorrow)' between us from my previous lives. (*'Han' is frequently translated as sorrow, spite, rancor, regret, resentment or grief, among many other attempts to explain a concept that has no English equivalent (Translation Journal). **'Han' is defined as a complex emotional cluster often translated as 'resentful sorrow' and/or a 'thought' by many to be essentially Korean, and by many others to be the product of modern, post-colonial efforts to create a 'Korean' essence." (Joshua D. Pilzer)) I'd like to say that I haven't solved that 'Han (the sorrow)' yet.

자유로움을 찾아서

짜라투스트라는 이렇게 말했다. 그대는 자신이 자유롭다고 생각하는가? 나는 그대가 벗어났다는 삶의 멍에가 아니라 그대를 지배하고 있는 사상에 대해 듣고 싶다고. 그대는 살면서 그대에게 주어지는 온갖 종류의 예속에서 벗어날 능력을 지니고 있느냐고. 나는 수많은 사람이 자신의 예속을 벗어 버리면서 자신의 마지막 가치까지도 버린 것을 보았다고.

자신이 자유롭다고 생각하기 위해서는 '인간에게 자유로움이란 무엇인가'를 먼저 알아야 할 것이다. 학자들의 연구에 의하면 인간이라는 동물 종이 지구상에 나타난 시점이 약 300만 년 전이라고 한다. 수렵·채집 생활을 시작으로 목축·농업·상업·기계기술이 더하여 고대사회(국가)가 형성되었다. 수렵·채집 생활은 누구나 무한히 자유로왔지만 생존을 위한 절제된 자유 또한 있었을 거라 짐작된다. 고대사회(국가)에서는 식량·생존을 보장받기 위해 노동이 늘고 자유로움이 줄어들었을 것이다.

사회계층이 생겨나면서 지배계층은 부를 이용하여 육체노동과 생존 위협에서 벗어나려 했다. 피지배계층은 생존을 보장받기 위해 전보다 더 늘어난 육체노동을 감내해야 했다. 고대국가 지배계층은 농업 기반의 부를 확대·유지하기 위해 이웃한 국가들을 자주 정복하곤 하였다. 고대국가 지배계층은 자신들의 부를 확대·유지하기 위해 내부적 경쟁자들과 자주 투쟁하곤 하였다. 유럽에서는 근대(19세기)에까지 정치와 종교의 결탁으로 인해 피지배계층의 육체적·정신적 자유는 빈약하였다.

오늘날 '자유로움에 관한 생각'은 어쩌면 '나의 인생에 관한 생각'과 크게 다르지 않다고 여긴다. 오늘날에는 육체적 노동과 정신적 노동, 경제적 어려움과 경제적 여유, 정신적 스트레스와 정신적 안정 등 자유로움의 대상들을 나누어서 살피려는 경향이 강한 것 같다. 생각에 따라 대상이 사뭇 달라지는 자유로움을 찾기 위한 오늘날 사람들의 행동 또한 여러 갈래이다. '인생에 대한 여러 갈래의 생각'을 짧은 시간으로 혹은 가벼운 마음으로 대할 수는 없을 것이다.

'자유로움을 찾는 길'이란 결국 '인생길'인 것을 보면 얼마간 번민과 시행착오가 있어야 할지 모른다. 세상 모든 사람은 각자의 인생을 살며 각자가 자유로움에 대한 자신만의 정의를 가지고 있을 것이다. 그런데 자유로움에 대한 정의는 고정된 것이 아니라 살면서 변화한다는 것을 아는 지혜가 있어야 한다. 인생에서 변화하는 자유로움을 앎으로써 자유로움을 찾아가는 인생을 살 수가 있을 것이다. 어릴 적 나는 내 마음대로의 자유를 원했으나 노년의 나는 누군가를 도울 수 있는 자유에 더 기뻐한다.

자유로움에는 몇몇 단짝들이 있는데 그 이름은 '책임', '절제', '인내' 그리고 '희망' 등이 있다. 책임을 지는 자유로움을 가지면서 우리는 현실 세상에 조금 더 당당할 수 있지 않을까 싶다. 절제가 있는 자유로움에서 우리는 현실 세상에 조금 더 여유로울 수 있지 않을까 싶다. 인내가 있는 자유로움으로 현실 세상에서 정신적으로 조금 더 깊이 있는 우리가 되지 않을까 싶다. 희망을 품으면서 우리는 현실 세상에서 내일의 자유로움을 조금 더 세게 움켜쥘 수 있지 않을까 싶다.

우리는 오늘날 우리가 찾고 싶은 자유로움에 대해 깊이 있는 생각이 필요할 거라 여긴다. 자신의 과거와 현재 그리고 미래의 자유로움이란 무엇이었을까, 무엇일까, 무엇이면 좋겠냐고. 미래에 갖고픈 자유를 위해 현재의 자유는 어떤 책임, 절제, 인내, 그리고 희망을 벗삼고 있는지를. 자신의 자유로움을 정의하고 이를 찾아가는 것이 결국 자신을 이루는 사상을 발견함과 같은 것을.

철학자 니체는 오늘날의 우리에게 우리 자신을 지배하고 있는 사상에 대해 알고 싶어 했다. 자유를 얻기 위한 능력으로 책임, 절제, 인내, 그리고 희망을 품길 원했을 것이다. 그리고 자유만을 위한 나머지 책임, 절제, 인내, 그리고 희망을 모두 버리려는 위험을 경고했다. 모든 친구가 떠나고 외딴 무인도에 남은 외로운 자유만을 가진 우리들이 되지 말라 하였다.

해가 뜨는 오늘 우리는 잃어버린 자유를 찾아가는 길을 쉼 없이 나서면 좋겠다. 해가 뜨는 오늘 우리는 잊었던 우리의 자유를 다시금 생각할 수 있다면 좋겠다. 해가 뜨는 오늘 우리는 어제 인생 조약돌에 새긴 우리의 자유를 찾으려는 노력을 쉼 없이 하면 좋겠다.

In search of freedom

Thus Spoke Zarathustra. Do you think you are free? I want to hear not the yoke of life that you have escaped but the thoughts that dominate you. Do you have the ability to escape from all kinds of subordination that are given to you in your life? I could say that I have seen so many people have abandoned even their last values while they escape from their own subordination.

In order to think that we ourselves are free, we should know first about 'what is freedom to human'. Scientific research has studied and said that the animal species which can be called human appeared on Earth about 3 million years ago. Starting with the life of hunting and gathering, they have developed and organized the ancient society (state) by adding livestock farming, agriculture, commerce, and machine technology. While hunting and gathering life was infinitely free, it is presumed that the freedom might have been somewhat restrained for survival. In ancient society (state), intensity of labor has increased and size of individual freedom has decreased to ensure food and survival.

As the social class emerged, the ruling class would try to escape from physical labor and the threat of survival by using their wealth. The sub-controlling class had to endure more physical labor than before to ensure their survival. The ruling class of ancient countries would try often to conquer neighboring countries in order to expand and maintain the wealth of agricultural infrastructure. The ruling class of ancient countries would have often struggled with internal rivals to expand and maintain their wealth. In Europe, even until modern times of 19th century, physical and mental freedom of the sub-controlling class was poor due to the collusion between politics and religion.

I probably think that today's 'thinking about freedom' may not be much different from 'thinking about my life'. We might have a strong tendency to separate and examine the objects of freedom such as physical labor and mental labor, economic hardship and economic wealth, mental stress and mental stability, etc. There may be also different types of people's actions today to find freedom, in which the object varies greatly depending on their thoughts. We should not deal with 'different thoughts about life' in a short time or lightheartedly.

If we see that 'the way to find freedom' is, in the end, 'the way of life,' it may take some anguish and trial and error. Everyone in the world will live their own life and each will have their own definition of freedom. However, we should have the wisdom to know that the definition of freedom is not fixed, but changes throughout life. By knowing the freedom that changes through life, we will be able to live a life that seeks freedom. As a child, I wanted freedom of my own way, but in my old age I can be more pleased with the freedom to help someone.

'Freedom' can have some of friends: they are 'responsibility', 'temperance', 'patience', and 'hope'. While having the freedom with responsibility, we might be more confident in the real world. While having the freedom with temperance, we might be more relaxed in the real world. While having the freedom with patience, we might become more serious in the real world. While taking hope, we might grab the freedom of tomorrow more firmly in the real world.

I believe we need to think seriously about the freedom we want to find today. What was the freedom of my past, what is the freedom of my present, and what will be the freedom of my future? What kind of responsibility, temperance, patience, and hope does the present freedom accompany for the freedom you want in the future? Defining one's freedom and looking for it is like discovering the ideology that ultimately constitutes one's own.

The philosopher Nietzsche wanted us to know about the thoughts that dominate ourselves. He would want us to have responsibility, temperance, patience, and hope, which enable us to gain freedom. He warned of the danger of abandoning all kind of responsibility, temperance, patience, and hope while pursuing the freedom only. He told us not to become those who have only the lonely freedom left on the deserted island where all friends are gone away.

Today, when the sun rises, it may be great if we continuously set out on the path to find the lost freedom. Today, when the sun rises, it may be great if we can think again our forgotten freedom. Today, when the sun rises, it may be great if we can continuously try to find our freedom that was engraved on the cobblestone of our life yesterday.